# AGNÈS

# DE LILIEN.

## I. PARTIE.

# AGNÈS

# DE LILIEN,

TRADUIT DE L'ALLEMAND.

## PREMIÈRE PARTIE.

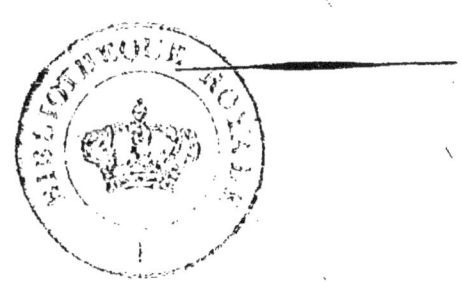

## A PARIS,

CHEZ H. AGASSE, IMPRIMEUR-LIBRAIRE,

RUE DES POITEVINS, N°. 18.

AN X. — 1802.

# AU LECTEUR.

Si cet ouvrage ne réussissait pas, ce serait la faute du traducteur, car l'original est plein de mérite, et doit obtenir les suffrages de tout lecteur réfléchi ou sensible.

Il faudra cependant se souvenir que ce Roman est allemand, et que chaque littérature porte l'empreinte du pays auquel elle appartient; ce qui fera trouver ici quelques disparates avec nos mœurs et nos usages, ainsi qu'un peu d'uniformité dans les situations. Il règne en Allemagne une certaine gravité sentimentale que nous ne connaissons pas : les esprits y sont portés à une exaltation tranquille, dont les peintures ne plairont peut-être pas en France. Mais il y a d'ailleurs, avec un intérêt progressif, tant d'élévation et de délicatesse dans les sentimens, tant de moralité, un sens si profond dans les pensées, des comparaisons si ingénieuses, des détails si vrais, qu'il semble impossible que cet ouvrage ne soit pas distingué de cette foule de productions qui n'ont de mérite que celui d'éveiller pour un moment une curiosité qu'elles ne satisfont guère.

Le style en paraîtra sans doute inégal ; on y pourra remarquer quelques fautes ; mais le traducteur essaie ses forces pour la première fois, et il a droit, sous ce rapport, à l'indulgence du public.

~~~~~~

AGNÈS

# AGNÈS DE LILIEN.

## PREMIÈRE PARTIE.

J'ai été élevée dans la maison d'un homme distingué par un mérite supérieur, le ministre d'Hohenfels, dont je passais pour la nièce. Aussitôt que je fus en état de le comprendre, il me dit que mes parens étaient morts pendant ma première enfance, mais que je devais le regarder comme mon père et lui en donner toujours le nom. Ce desir fut rempli dans toute son étendue, car je ne sentis jamais la privation de mes parens. Le ministre était un homme bien rare, et je m'étendrai, plus que je ne le devrais peut-être, sur l'éducation que je dus à ses soins, pour donner une juste idée de son caractère, qui s'y montre tout entier.

Doué d'un esprit lumineux et conciliant, il se gagnait tous les cœurs.

Sans le chercher, il prenait toujours dans un cercle l'ascendant que donne la supériorité de l'esprit.

Il avait l'art en particulier de lier si natu-

*I. Partie.*                               A

rellement les choses les plus ordinaires aux
objets les plus importans, qu'il pénétrait
bientôt le fond des caractères.

Lorsque ma raison fut assez formée pour
faire des comparaisons entre les personnes
que je voyais, je disais souvent à mon père
d'adoption combien il me paraissait au dessus
des autres hommes : Il en est peu, me disait-il
alors avec un regard mêlé de douceur et de
gravité; il en est peu que le sort ait retenu
aussi heureusement que moi dans le chemin
de la vertu. Plusieurs ont perdu leurs forces
avant de les avoir employées d'une manière
utile; j'ai eu des jouissances délicieuses, j'ai
eu aussi de grands chagrins; mais au milieu
des traverses d'une vie agitée, la flamme d'un
amour pur a vivifié et consolé mon ame. A ces
mots un monde de souvenirs semblait s'offrir à son esprit et absorber toutes ses facultés; mais à l'instant, comme animé d'un
nouveau feu, il tournait sur moi ses regards,
m'adressait quelques mots de tendresse, et me
chargeait de quelques soins dont je m'ac-
quittais avec plus de zèle encore qu'à l'ordinaire. Je voyais qu'un sentiment pénible auquel il faisait violence, oppressait son cœur,
et je croyais lire ces paroles dans ses yeux :
« Tu es ce que j'ai de plus cher au monde. »

Il veillait sur mon éducation, non-seulement avec le soin qu'il mettait à tout ce qu'il considérait comme un devoir, mais encore après les heures de travail et dans le peu de momens de repos qu'il se permettait, j'étais son plus agréable délassement. Je me souviens qu'il m'accoutuma de bonne heure à lier les idées d'ordre et d'utilité à mes amusemens. Il voulait que j'achevasse la moindre chose dès qu'elle était commencée. D'un caractère aimant, je ne pouvais supporter la plus petite marque de mécontentement de sa part; j'étais surtout vivement affligée lorsque, pour me punir de quelque faute, il m'éloignait de lui, seulement pour une ou deux heures.

Le revenu de la cure qui fournissait à notre ménage, était fort borné; mais une sage économie le rendait suffisant pour nous faire vivre d'une manière agréable, et ma jeunesse ne fut point privée de ces petits plaisirs que l'aisance procure.

Toutes ces légères circonstances de la prudente conduite de mon père me furent d'utiles instructions pour l'avenir. Il faut apprendre à obéir et à commander, ma chère enfant, me disait-il quelquefois; lorsqu'on sait faire ces deux choses avec intelligence et jugement, l'on trouve l'un aussi aisé que l'autre; mais c'est se préparer bien des maux, que de ne pas apprendre de bonne heure à se plier à la volonté des autres, et à faire prévaloir la sienne quand les circonstances l'exigent. Ceux qui n'ont pas le tact de se bien conduire dans ces deux situations opposées, sont poursuivis par une foule de petits inconvéniens qui finissent par altérer leur caractère et leur bonheur. Exerce-toi donc à varier ta conduite d'après le caractère des personnes avec lesquelles tu seras appelée à vivre, et à te conserver le plus de liberté possible, sans jamais usurper sur celle des autres.

Son exemple, son influence douce et constante sur tout ce qui l'environnait, m'expliquèrent dans la suite le sens profond de ce discours.

Lorsque les soins du ménage ne m'occupaient pas, je me tenais dans un cabinet attenant à la chambre de mon père. Je me sentais parfaitement libre, et cependant j'étais toujours sous ses yeux. Mon père ne tombait jamais dans cet état de vide et d'apathie qui tient à l'oisiveté, aussi ne l'ai-je jamais connu moi-même. Ma vie se passait dans le cercle d'occupations tranquilles et de petits amusemens que me procurait ce bon vieillard. Les enfans du seigneur de la terre que nous habitions, et deux ou trois petits paysans m'enga-

geaient souvent à jouer avec eux, et mon père
était charmé quand il me voyait surpasser les
autres en adresse et en agilité. Rose, la fille
qui nous servait, avait ordre de ne me point
gronder lorsque je revenais avec ma robe dé-
chirée, mais j'étais obligée de la raccommoder
moi-même; et si elle m'aidait, c'était uniquement par complaisance. J'avais quelques heures fixes de leçons pour m'accoutumer à un
travail régulier, et sans que je m'en aperçusse,
mon père s'occupait sans cesse à former mon
esprit et mon cœur.

Le pays que nous habitions était fort pitto-
resque; les beautés de la nature, qui frappaient
mes regards, développèrent mon goût pour
elle : les mystères de la création me remplirent de bonne heure de curiosité, et les mouvemens d'une juste admiration élevaient mon
cœur attendri vers le ciel. Il me semblait que
des génies bienfaisans et amis des hommes
planaient sur le sommet des montagnes en
se jouant dans les rayons du soleil, et qu'ils
habitaient les frais bosquets qui bordaient la
rivière. Je goûtais dans toute leur étendue
les plaisirs délicieux que nous procure l'aspect d'une belle contrée. Mon père saisissait
ces momens (les plus doux, les plus purs de
la vie) pour vivifier mon ame par le senti-

ment d'un Dieu et de l'immortalité. Il m'enseigna la religion chrétienne dans toute sa pureté; il me la fit considérer comme renfermant le système de morale le plus parfait et le mieux assorti à notre nature, et comme la source divine où nous devons puiser les plus consolantes et les plus sublimes espérances. La facilité de ma mémoire et l'heureuse disposition que j'avais à sentir le beau, donnèrent à mon père l'idée de m'enseigner les langues anciennes, dont il était enthousiaste, dans les longues soirées d'hiver. Tandis qu'au coin de notre feu je filais ou tricotais, il me lisait des passages d'auteurs anciens, que je traduisais et que j'apprenais par cœur; leurs poëtes dirigeaient mon imagination vers le grand et le noble, et prémunissaient mon jugement contre le médiocre et le mauvais goût. Il arrive souvent que, par l'attrait de la nouveauté, une production ordinaire éblouit notre esprit, et que nous en devenons les admirateurs passionnés si quelque vrai chef-d'œuvre ne nous sert de point de comparaison. J'étais toujours occupée de quelque objet majeur qui m'intéressait, et qui rendait mon père maître de mon imagination. L'exercice et le grand air donnaient à ma constitution plus de force et de développement. J'appre-

nais l'agriculture dans tous ses détails, et
j'avais un petit jardin que je cultivais moi-
même. Mes leçons de langues, mes thêmes
en allemand et en français, la géographie et
l'histoire naturelle remplissaient les heures
de la matinée, que les soins domestiques n'occupaient pas. Dans l'après-dîner, mon père
m'apprenait à jouer du clavecin, et me faisait
dessiner d'après une collection de bonnes gravures et de modèles en plâtre qu'il possédait,
afin de donner de la justesse à ma main et
d'exercer mon œil à bien saisir les propor-
tions.

C'est ainsi que mes jours s'écoulaient, libres
de chagrins et d'inquiétudes ; l'amitié de mon
père savait les embellir et les égayer. Chaque
affaire qui nous appelait au dehors, devenait
pour moi une petite fête qui mettait de la va-
riété dans notre genre de vie, et mon appli-
cation était redoublée lorsque je remarquais
la joie que mon père avait de mes progrès.

Il voyait peu de société, et de plusieurs
connaissances qu'il avait faites dans le voisi-
nage, il n'en avait admis qu'une seule à son
amitié ; c'était un vieux médecin d'une grande
sévérité de mœurs et de principes ; je le craignais dans mon enfance, mais en grandissant
je vins à le considérer, et même à me plaire

à sa conversation ; car il m'apprenait toujours
quelque chose de nouveau sur l'histoire naturelle, ou d'intéressant sur la connaissance
du monde : la facilité de mon intelligence
paraissait lui faire plaisir. Je fus sincérement
affligée de sa mort : mon père perdit avec cet
ami, la seule personne à laquelle il aimait
à communiquer ses idées, et moi des entretiens fort instructifs.

La société de la famille de Salm (les sei-
gneurs de la terre) me paraissait toujours
plus insignifiante à mesure que mon goût se
formait; mais mon père m'engageait souvent
à les aller voir, afin que j'apprisse à devenir
accommodante, sociable, et pour me préserver d'une sorte de singularité que l'habitude
de vivre seul donne quelquefois. La bonté,
qui se complaît à voir chaque individu jouir
à son aise de sa manière de penser et de sentir, me fit bientôt saisir le ton de conversation qui convenait à cette famille, en re-
tranchant de nos entretiens tous les sujets
qui auraient été au dessus de leur médiocrité:
les demoiselles aimaient ma société, parce
que je ne rivalisais avec elles, ni pour les
modes, ni pour ce qu'on appelle les belles
manières ; et lorsque mon maintien naturel
et mes vêtemens simples et propres étaient

loués par leurs parens ou par quelque étranger, elles trouvaient les agrémens d'une fille
de ministre si fort au dessous de la sphère de
leurs prétentions, qu'aucun mouvement de
jalousie ne nuisait à leur amitié pour moi.
Cependant, malgré leurs bons procédés, je
me sentais toujours étrangère dans leur maison ; et lorsque je revenais vers mon père
avec l'expression de la joie, il me disait d'un
air rêveur : « Ma fille ! ma fille ! tu t'accou-
tumes trop à vivre dans le sein de l'amitié ;
je crains que tu ne retrouves jamais la maison
paternelle. »

C'est ainsi que j'atteignis ma dix-huitième
année. Dans une des premières soirées d'automne, où le froid commence à se faire sentir, le pétillement du feu avait rassemblé tout
notre petit ménage autour de la cheminée ;
le ciel, d'un rouge ardent du côté du cou-
chant, éclairait encore les vallons couverts
d'un épais brouillard ; le vent poussait avec
violence les nuages grisâtres vers l'orient, et
des feuilles d'un jaune d'or, détachées des arbres à moitié dépouillés, voltigeaient devant
nos fenêtres ; la vue et la chaleur de la flamme
nous avertissaient de l'approche de l'hiver ;
chacun de nous parcourait dans son imagination le cercle de ses occupations durant cette

saison, ainsi que les plaisirs et les privations
qu'elle lui annonçait.

Mon père était assis dans son fauteuil à
bras, avec cette sage tranquillité qui voit passer les années comme les jours. Il posa Plu-
tarque qu'il lisait, parce qu'il commençait à
faire obscur, et il prit sa grande bible à gros
caractère, afin de choisir un texte pour son
sermon du dimanche suivant. Rose allait et
venait dans la chambre, apportant la vais-
selle luisante que je rangeais par étages dans
l'armoire du fond, qui lui était destinée.
On sonne en dehors, et mon père me dit :
« Agnès, mon enfant..... » J'étais déjà à la
porte de la maison ; il faisait presque nuit,
cependant je pus distinguer un étranger qui
entrait. Que desirez-vous, Monsieur, lui
dis-je ? Je suis un voyageur fatigué, me répondit-il : on ne peut pas me recevoir à l'auberge ; puis-je espérer que monsieur le ministre voudra bien m'excuser si je lui demande
un lit pour cette nuit ? Le son de la voix était
agréable, et m'inspira de l'intérêt pour le nouveau venu ; aussi je l'assurai, d'une manière
plus expressive que de coutume, de l'hospi-
talité qui l'attendait. Mon père vous recevra
avec un grand plaisir, lui dis-je ; entrez, s'il
vous plaît. Il répéta sa prière à mon père ;

celui-ci lui dit amicalement qu'il était le bien
arrivé, et se remit ensuite auprès de sa table
dans l'embrâsure de la fenêtre, afin d'écrire
quelques pensées qui lui étaient venues sur.
son sermon. L'étranger était grand, bien fait,
d'une belle figure; son habit très-simple n'annonçait ni pauvreté ni fortune ; je lui donnai une chaise auprès du feu, et me mis à
tricoter vis-à-vis de lui ; à la lueur de la
flamme je remarquai que ses traits étaient
prononcés et agréables, et qu'il n'était plus
dans la première jeunesse. Rose cependant
avait été chercher de la lumière, mon père
continuait à écrire, et tout était tranquille.
Je cherchais en vain un mot ou deux pour
lier la conversation; rien de ce que j'imagi-
nais ne me paraissait bon, et jamais je n'a-
vais tant craint que dans ce moment, de dire
quelque chose de déplacé ou d'insignifiant.
La peur que l'étranger ne prît mon silence
pour un manque d'attention ou de politesse,
rendait ma situation encore plus pénible; il
paraissait n'avoir aucune envie de parler, et
regardait le feu en réfléchissant. De tems en
tems il promenait ses regards dans la chambre,
et ne les arrêta sur moi qu'une seule fois : ses
grands yeux noirs avaient un attrait inexprimable; ils étaient calmes et doux; mais lors-

qu'ils se fixaient sur quelqu'un, ils semblaient
pénétrer jusqu'au fond de son ame. Mon pelot-
ton de fil tomba par terre et roula assez loin;
il le releva, et me le rendit avec grâce et politesse; le fil s'était entortillé autour d'un anneau qu'il avait au doigt; sa main reposa
un instant dans la mienne; je fus obligée
d'ôter l'anneau, et pendant que je débarras-
sais le fil, j'eus le tems de lire sur l'émail bleu
qui l'entourait le nom d'*Amélie*.

L'étranger reprit sa bague en rougissant
un peu : était-ce sa position baissée ou la
proximité du feu qui en était la cause, ou
bien l'anneau avait-il fait naître en lui des
sentimens plus vifs? Ce nom était-il celui
d'une sœur, d'une amie ou d'une épouse?
Toutes ces questions se croisèrent dans mon
esprit. Mon père fit alors une marque à sa
bible et s'approcha de la cheminée; il tendit la
main droite à l'étranger, en tirant son bonnet
de l'autre, et lui répéta qu'il était le bien
venu : Vous fumez peut-être volontiers une
pipe dans les soirées brumeuses d'automne,
lui dit-il? L'inconnu fit signe qu'oui. J'ap-
portai en même tems la table à thé auprès
du feu, et le petit cercle sembla se rapprocher
avec encore plus de confiance lorsque la fu-
mée bleuâtre des pipes s'étendit dans l'air en

nuages légers, et que l'excellent thé dont nous faisions honneur à l'étranger, exhala sa vapeur parfumée : d'après la coutume hospitalière des anciens Grecs, nous ne commençâmes à causer que lorsque notre hôte eut achevé son léger repas.

Vraisemblablement vous venez aujourd'hui d'A....., dit mon père; vous aurez eu une journée pénible : c'est un des plus mauvais chemins du pays. Autant les routes y sont rudes et difficiles, répondit l'étranger, autant les hommes qui l'habitent, me paraissent doux et polis, et l'on serait bien heureux d'en trouver partout de semblables. Oui, dit mon père, il y a de braves gens ici, et il y en a partout, à ce que j'espère. Depuis vingt-cinq ans ma sphère est renfermée dans l'espace de quelques lieues ; mais lorsque dans cette petite enceinte je me trouve affligé par le spectacle de quelque vice, de quelques ames dégradées, ou que je deviens moi-même la victime de la méchanceté, j'ai toujours un moyen infaillible de dissiper mes premières impressions et de ramener la sérénité dans mon ame. ( Ici commença ce dialogue. )

L'étranger. — Et quel est ce moyen?

Mon père. — Je cherche à bien savoir toutes les circonstances et les rapports de la

personne qui me paraît sans principes, son
âge, son état, son éducation, son caractère,
sa fortune, ses liaisons ; alors je rentre en
moi-même, et la connaissance de ma propre
faiblesse m'explique aisément les causes de la
corruption et leurs effets ; ces réflexions m'inspirent une indulgence nécessaire, et me font
voir sous un jour naturel ce qui d'abord m'a-
vait paru monstrueux.

L'étranger. — Croyez-vous au péché ori-
ginel ? au germe du mal dans la nature hu-
maine ?

Mon père ( souriant ). — Non pas dans le
sens que vous l'entendez, peut-être ; mais je
crois intimement à la fragilité du cœur de
l'homme ; je crois aussi que plusieurs d'entre
eux ne peuvent conserver leur liberté, non
plus que l'empire sur eux-mêmes, parce qu'ils
recherchent des biens dont ils deviennent les
esclaves ; parce qu'en s'abandonnant à leurs
desirs, ils perdent l'équilibre au lieu de conserver les rênes du gouvernement et l'autorité sur leurs passions.

L'étranger. — Vous croyez donc que nous
avons reçu la force nécessaire pour exercer
un empire suffisant sur nous-mêmes ? Oh !
que j'aime à rencontrer un homme qui a su
garder cette puissance dans toute son inté-

grité ! Celui qui travaille sans relâche à la conserver, ajouta-t-il, ne peut plus s'égarer; l'amour de l'ordre et de la vérité fait sa principale essence, et contribue, de concert avec la religion et la sagesse, à développer et à perfectionner toutes ses facultés. Je considère, continua-t-il en regardant mon père, les hommes qui vous ressemblent, comme les médecins de l'ame, et je m'aperçois que je converse avec un des plus modestes et par conséquent des plus experts. Dites-moi donc, continua-t-il avec douceur, par quels moyens l'ame réussit le mieux à triompher des penchans qui la séduisent et qui l'entraînent?

Mon père. — Ami ! commençons par reconnaître que tout don parfait vient du père des lumières.

L'étranger. — Sans doute ; mais s'il se trouve des ames suffisamment échauffées par la grace divine, il en est d'autres qui, comme des plantes couvertes de broussailles et mal exposées, ne sauraient jouir de la présence du soleil : quels conseils pour celles-là ?

Mon père. — De se contenter du jour qui les éclaire, jusqu'à ce que d'autres circonstances, une force qu'elles ne peuvent encore pressentir, achève de les vivifier.

L'étranger se leva de son siége avec précipitation, se tint debout près de mon père, et le fixa d'une manière touchante. ( Pour moi, une rougeur brûlante se répandit sur mes joues. ) Fidèle serviteur de ton maître, dit-il avec une voix doucement élevée pendant qu'il saisissait ses mains, tu possèdes sa charité ! j'ai cherché long-tems et inutilement une ame comme la tienne ! Mon père parut pénétré de satisfaction, et depuis ce moment il se forma une liaison de cœur entre nous trois. Tout homme doué d'une sensibilité vive et délicate doit avoir éprouvé de ces élans où l'ame paraît s'élever et se détacher des liens terrestres pour en former de plus analogues à sa nature, en s'attachant à ce qu'elle aperçoit de véritablement digne d'elle.

Rose avait mis le couvert; elle apporta le souper, qui, comme à l'ordinaire, consistait seulement en deux ou trois plats, auxquels on avait ajouté un petit dessert : mon père ne souffrait aucun superflu, mais il voulait que sa maison fût toujours assez bien pourvue pour n'être point embarrassé de l'arrivée d'un ami, et jamais chez lui l'étranger qu'il reçut, n'éprouva le sentiment pénible que font naître ces allées et venues, ces petits mots à l'oreille, cette sorte d'agitation qui fait si bien sentir le dérangement que l'on cause.

Je

Je priai notre hôte de vouloir bien s'accommoder de la simplicité de notre accueil; il me répondit affectueusement, que ce qui était offert avec tant de bonté, avait un grand prix pour lui; qu'en voyage il n'avait jamais fait un meilleur repas; et en effet, il paraissait manger avec plaisir.

La noble simplicité de ses manières me frappait singuliérement; je n'avais jamais fait la même observation sur aucun homme de notre connaissance; son silence, surtout avec moi, me plaisait; je l'attribuais à une sorte de considération et à la pensée qu'il me croyait digne d'une conversation au dessus des sujets vulgaires. Je remarquais qu'il me regardait souvent avec intérêt, et que l'attention silencieuse que j'avais apportée à son entretien avec mon père, ne lui avait pas échappé.

Nous recommencions à causer d'une manière animée, lorsque nous vîmes entrer le jeune de Salm, le fils de notre seigneur : il était arrivé depuis peu de jours de l'université, pour passer les vacances auprès de ses parens. Quelque bavard et important que fût ce jeune homme, il était toujours contenu et mesuré dans la société de mon père, qui n'avait point d'indulgence pour la sottise lorsqu'elle était accompagnée de présomption. Il

*I. Partie.* B

regarda avec attention l'étranger, qui parut
lui en imposer malgré la simplicité de ses
habits; il resta long-tems à méditer une question qu'il hasarda enfin dans un moment de
silence; car, lorsqu'il n'osait pas se livrer à
parler à tort et à travers, il devenait extrêmement timide : d'ailleurs, il voulait donner
à l'étranger une bonne opinion de lui, et
dans ce cas-là il commençait toujours par
quelque chose de savant. Oserais-je vous demander, Monsieur, dit-il, si les professeurs
de votre ville sont bons latinistes? Pour cette
fois je fus charmée de sa question, car j'espérais qu'elle m'apprendrait quelque chose
sur la patrie de notre hôte : la réponse ne me
satisfit qu'à demi. « Je viens de passer deux
» ans hors de l'Allemagne, Monsieur, ainsi
» je ne connais pas la situation actuelle de
» l'université. » Il parla ensuite avec mon
père de la nécessité d'apprendre à fond les
langues anciennes dans la jeunesse, et ils en
vinrent enfin à causer de leurs écrivains favoris. J'avais du plaisir à m'apercevoir du
cas que mon père paraissait faire des opinions
de l'étranger, et à remarquer dans l'expression agréable et animée de ses traits, l'intérêt
que ses discours lui inspiraient.

Monsieur de Salm, lassé de n'entrer pour

rien dans la conversation, me dit à voix basse, qu'il allait chercher ses sœurs pour passer l'après-souper avec nous : que j'aurais volontiers évité leur compagnie pour ce soir-là ! L'étranger se tourna de mon côté lorsque M. de Salm nous eut quittés, et me demanda si cette famille était ma seule société, et si je me plaisais dans cette solitude. Je répondis qu'il m'arrivait bien rarement de souhaiter de plus nombreuses relations, et que je ne pourrais jamais me déterminer à les cultiver si elles devaient me priver de la présence de mon père.

Les larmes me vinrent aux yeux à cette idée de séparation, parce que mon père me parlait souvent lui-même avec émotion de celle qui nous menaçait infailliblement tôt ou tard. Mes nerfs étaient si mobiles depuis l'arrivée de l'étranger, que les efforts que je fis pour retenir mes larmes furent inutiles. Aimable enfant, dit-il vivement en me regardant avec intérêt, ne retenez pas ces larmes précieuses. Rien ne prouve mieux la sagesse des parens et le bon naturel des enfans, qu'un vif attachement de leur part pour la maison paternelle. Mon cœur battait avec force, et je sentais un doux tressaillement que je n'avais jamais éprouvé : il y eut un silence de

B 2

quelques minutes : l'étranger regardait fixement devant lui, quoiqu'avec intérêt ; enfin
il se tourna vers mon père, et lui dit d'une
manière affectueuse : Que votre fille vous
rend heureux ! Oui, répondit mon père, je
le suis autant par elle, que si elle m'eût été
donnée par la nature. L'étranger regarda le
ministre d'un air surpris, et moi-même je
sentis pour la première fois quelque chose
de mystérieux lié à mon existence. Comme
mon père baissa les yeux et se tut, l'étranger
ferma la bouche qu'il entr'ouvrait déjà pour
faire une nouvelle question.

Votre troupeau contribue-t-il aussi à votre
bonheur, dit-il après quelques momens de
silence? Oui, Dieu soit béni, répondit mon
père, mes peines ne sont pas infructueuses.
Lorsque je vins ici, je trouvai un peuple gros-
sier, intéressé et voleur, parce qu'il était paresseux et sans industrie, aimant la chicane
et les procès par ignorance et par défiance;
mais à présent il est bien changé.

De quel moyen vous êtes-vous servi, demanda l'étranger? Je m'y suis pris, Monsieur,
d'une manière toute opposée à celle qu'on emploie à l'ordinaire. Il me semble que l'on se
trompe, lorsqu'on pense qu'en éducation il
faut d'abord perfectionner le moral ; je crois

qu'on ne doit s'en occuper que lorsque le physique ne souffre point : si vous ne suivez pas cette marche, il est à craindre que vos sages instructions ne ressemblent à des fleurs trompeuses, qui, manquant de nourriture sur une tige desséchée, ne donnent point de fruits. Lorsque le peuple sait se procurer par le travail une existence aisée, l'ordre et les bonnes mœurs ne tardent pas à se montrer; mais la dure nécessité rompt tous les liens sociaux, et met l'homme en guerre avec ses semblables; au contraire, lorsque ses premiers besoins sont assurés, son ame s'élève, il réfléchit; les sentimens utiles et doux du bon, du juste, et les religieuses espérances prennent racine dans son cœur. Ce qui m'est arrivé dans ma petite sphère, me paraît convaincant. Que j'étais heureux de pouvoir, avec le secours du précédent seigneur, contribuer efficacement au bonheur de ce petit village! Cet homme admirable était non-seulement un très-bon maître, mais il connaissait encore parfaitement toutes les productions et tous les besoins du pays. Il avait au plus haut degré l'art de conduire les hommes, et de les ramener à ce qu'il savait leur être avantageux; il dirigeait la culture et tous les travaux de ces paysans, de manière à ce qu'ils pussent fournir autant que possible, à leurs voisins, les productions qui leur manquaient. Comme il possédait la confiance de tous, son esprit embrassait l'ensemble de leurs intérêts, et chaque individu y trouvait son avantage.

Notre seigneur s'occupait surtout des moyens de vendre le plus avantageusement possible le superflu des récoltes ; c'est ainsi que peu à peu la certitude d'un gain honnête inspira aux habitans l'amour du travail et de l'ordre ; le nombre des paresseux diminua chaque jour dans la paroisse, et la moralité et la raison firent des progrès sensibles. Dans ces premiers tems, on avait plus souvent recours à la bourse du seigneur qu'à mes avis et à mes instructions ; maintenant on aperçoit les bons effets d'une vie laborieuse et tranquille, et des principes que je me suis efforcé d'inculquer à la jeunesse dès l'entrée de mes fonctions. La plus grande partie de mon troupeau se rapproche de moi pour satisfaire aux besoins de l'ame. Les jeunes gens veulent que je les éclaire sur plusieurs points de métaphysique ; ils me demandent souvent des règles de conduite, et les vieillards aiment à causer avec moi de leurs espérances après la mort. Oh ! pourquoi notre bon seigneur nous a-t-il été sitôt enlevé ? Depuis quand

est-il mort, demanda l'étranger avec une visible émotion? Je n'ai pas même la consolation, répondit mon père, de sentir son ame
dans un meilleur monde ; il vit encore peut-
être dans la misère, accablé de chagrins,
privé de sa liberté; d'insurmontables obstacles peuvent seuls le tenir éloigné de nous
s'il est encore vivant, et causer ce silence
mortel pour des cœurs qui le chérissaient
aussi tendrement que les nôtres : il vivait si
heureux dans ce petit village qu'embellissait
sa bienfaisance! Il ne l'a pas quitté volontairement et de bon gré; une nuit impénétrable
nous dérobe son sort. L'agitation de l'étranger augmentait à chaque instant, et il demanda, d'une voix tremblante, de quelle manière il avait disparu. Il y a dix-huit ans, reprit mon père, qu'il ordonna de grand matin
de seller le meilleur de ses chevaux ; il mit
son habit de chasse, monta à cheval, et en
passant devant ma maison il me pria de me
rendre à la petite porte du jardin, qui n'est
pas éloignée de la grande route; là il me
donna une bourse et me dit : « Voilà un petit
» capital pour aider mes vassaux ; il serait
» possible qu'il s'élevât dans la suite des obs-
» tacles à nos plans; cette somme sera, j'es-
» père, suffisante pour les surmonter. Adieu

» mon meilleur ami. » Il détourna de moi son visage; mais j'avais remarqué dans ses traits une altération sensible; sa main paraissait trembler lorsqu'il me tendit la bourse. Un vague pressentiment de quelque malheur alarmait mon esprit, et comme je levais le bras vers lui pour lui serrer la main et que j'allais lui demander quelques explications, il poussa son cheval et disparut avec la vitesse d'un trait. Il se tourna encore une fois pour me regarder, et depuis je ne l'ai pas revu. Dix-huit années se sont écoulées, mais ce cruel moment est toujours présent à mon esprit, et je ne revois jamais le petit sentier qui conduit à la forêt, sans éprouver un tressaillement de douleur. C'est là qu'il disparut, c'est là qu'il jeta sur son héritage un dernier regard, bien douloureux sans doute. Mon anxiété pendant les premiers jours qui suivirent sa fuite, fut inexprimable; je trouvai dans la bourse qu'il m'avait remise deux mille écus, et mon inquiétude en augmenta. Une si grosse somme destinée à remplacer en partie ses bienfaits journaliers, annonçait au moins une longue absence. Je connaissais ses affaires pécuniaires; ses biens étaient endettés, et ce n'était qu'avec une économie sévère pour tout ce qui le regardait personnellement, qu'il se procurait les moyens d'être utile à ses vassaux. Depuis cinq ans qu'il vivait ici, je le voyais travailler sans relâche au projet d'affranchir sa terre de toute hypothèque, et de s'assurer par-là un revenu sûr et fixe.

J'étais bien certain qu'il avait emprunté ces deux mille écus, et il fallait qu'il se fût trouvé dans une situation bien violente pour renoncer ainsi à son plan favori; il m'avait souvent dit combien le rendait heureux d'avance la perspective de vivre un jour dans sa terre, libre et indépendant, et qu'aucun autre genre de vie ne lui plaisait autant, parce qu'il n'en voyait point de plus noble et de plus rapproché de la nature.

Les paysans, qui étaient accoutumés à voir leur seigneur assister tous les dimanches à leur église et à leurs jeux, m'accablèrent de questions sur son compte, et il fallut que je m'efforçasse de leur cacher mes terribles inquiétudes. Il avait payé à son chasseur et à son receveur plusieurs années de leurs gages à l'avance, en leur disant en riant, qu'il était embarrassé de son argent. J'envoyai ces deux hommes avec quelques-uns des paysans en qui j'avais le plus de confiance, faire des recherches dans les environs ; mais ils ne purent

découvrir aucun indice de la retraite de cet
homme chéri. C'est ainsi que s'écoulèrent
plusieurs semaines. Les paysans devenaient
toujours plus inquiets et me pressaient de
questions. Lorsqu'enfin je fus obligé de leur
dire que je n'en savais pas plus qu'eux-mêmes, et que je partageais leur anxiété, une
douleur générale se manifesta chez eux. Ils
coururent en tumulte au château, et le visi-
tèrent du haut en bas ; dès le même soir ils
parcoururent avec des flambeaux toute la forêt et les environs, soutenant qu'on avait tué
leur bon maître, et déclarant qu'ils voulaient
découvrir les meurtriers. Aucun d'eux ne
voulait retourner à son travail avant de les
avoir trouvés. C'était le tems de la moisson,
mais ils aimaient mieux courir le risque de la
perdre, que d'avoir à se reprocher la plus petite négligence dans la recherche de leur bon
seigneur. Après avoir reconnu l'inutilité de
leurs soins, ils écoutèrent enfin mes exhor-
tations. Leur douleur devint plus tranquille,
et ils retournèrent à leurs occupations accou-
tumées. L'espérance que je leur donnai que
l'éloignement de leur seigneur ne serait pas
de longue durée, puisqu'il s'était occupé d'eux
à son départ, parut les tranquilliser. Moi-
même je me livrai à cette douce illusion jus-

qu'à un voyage que je fis à S..... où demeurait un de ses amis particuliers. Cet ami me
pria de cesser toutes perquisitions; il paraissait connaître le fatal secret de sa fuite. « Re-
» gardez, me dit-il, notre ami comme mort;
» il ne peut nous être rendu que par un mi-
» racle; mon devoir ne me permet pas de
» vous en dire davantage. » Ces mots détrui-
sirent toutes mes espérances. M. de Salm réussit à se faire adjuger l'administration de cette
terre, où il ne vint qu'une année après. On
trouva tout dans le meilleur état et on ne dé-
couvrit aucune nouvelle dette. Le bureau de
notre seigneur était vuide, et le chasseur dit
qu'il lui avait vu brûler beaucoup de papiers
dans les derniers jours qui précédèrent sa
disparution. Dès-lors je n'ai rien pu apprendre sur son sort. Son ami de S..... mourut il
y a deux ans, et avec lui mes dernières espérances se sont évanouies.

L'étranger était toujours plus agité; il ser-
rait les mains de mon père et ses yeux étaient
humides de pleurs; ensuite il garda assez long-
tems le silence, et lorsqu'il essaya de le rom-
pre, ses yeux se remplirent encore de larmes; il se couvrit le visage de ses deux mains.

Quoique j'eusse déjà entendu bien souvent
ce récit, je l'écoutais toujours avec le même

intérêt : dès mon enfance l'histoire de son malheureux ami avait été, dans les belles soirées d'été, le sujet favori des entretiens de mon père avec moi. Lorsque les anciens du village étaient réunis sous les grands ormeaux, et qu'au retour de la promenade nous venions nous y reposer, souvent l'un d'eux mettait la main sur le bras de mon père, et lui disait à l'oreille : Oui, notre seigneur devrait revenir ; d'autres s'approchaient, on parlait de son administration, et on soupirait après elle comme après l'âge d'or.

J'étais charmée de la vive impression que ce récit faisait sur notre hôte : il me semblait que la part qu'il prenait à un objet qui revenait si souvent dans nos conversations, pouvait le faire regarder en quelque sorte comme de la famille ; j'eus aussi un vague pressentiment qu'il n'était pas aussi étranger au sort mystérieux de cet homme chéri, qu'il le faisait paraître. Un silence expressif régnait dans notre petit cercle ; nos cœurs se rapprochaient et s'entendaient sans le secours des paroles.

Les jeunes de Salm arrivèrent à mon grand regret : les demoiselles, qui avaient entendu parler d'un étranger, avaient mis leurs parures du dimanche ; elles firent, en paraissant à la porte, une révérence élégante, accompagnée d'une exclamation française. Après avoir salué particuliérement l'étranger, elles l'examinèrent curieusement des pieds à la tête, et chuchotèrent ensuite. Quoiqu'il n'eût pas un habit de la plus nouvelle forme, son extérieur était distingué : il avait rendu poliment à ces dames leur salut; et après avoir jeté sur elles quelques regards à la dérobée, il se retira avec mon père dans l'embrasure de la fenêtre. Les demoiselles parlèrent beaucoup de leur prochain voyage à S..... et des meilleures maisons de cette ville avec lesquelles elles comptaient se lier. Elles discoururent de tout cela d'un ton de voix beaucoup plus élevé qu'à l'ordinaire; mais comme toutes leurs tentatives pour s'attirer l'attention de l'étranger échouèrent, elles recommencèrent à se dire à l'oreille, qu'il n'était pas vraisemblable que ce fût un homme comme il faut, puisqu'il ne paraissait connaître aucune des bonnes familles du pays. Cette sorte de babil qu'elles jugeaient sans conséquence et se permettaient souvent sur un tiers jusqu'à un point offensant, m'était insupportable; je leur proposai de faire des jeux.

Ces demoiselles, qui avaient enfin perdu l'espoir de s'attirer l'attention de notre hôte

par l'agrément de leurs discours, s'abandon-
nèrent alors à leur gaieté sans bornes, et se
décidèrent pour le colin-maillard. On ouvrit
la chambre voisine, et il fallut que le jeune
de Salm se laissât bander les yeux ; ce ne
fut cependant qu'après plusieurs persécutions
de la part de ses sœurs, car il avait conçu
une haute opinion de l'étranger, et il se flattait toujours qu'il pourrait montrer son savoir en profitant de quelque lacune de la
conversation. Enfin nous commençâmes le
jeu, et quoique la moitié de moi-même fût
restée avec mon père et l'étranger, je ne pus
saisir que quelques mots à la volée. Je leur
entendis souvent répéter mon nom ; ils parlaient avec chaleur ; les yeux de l'inconnu sui-
vaient mes mouvemens, et quand je les ren-
contrais, ils brillaient comme des éclairs. Il
profitait de tous les intervalles de leur entretien pour se rapprocher de notre jeu, qu'il paraissait suivre avec intérêt. Les talons hauts,
les longues robes de ces demoiselles les gê-
naient beaucoup ; elles couraient si mal-adroi-
tement, qu'il leur arrivait souvent de tomber,
tandis que mes vêtemens commodes et mes
souliers plats ne m'ôtaient rien de mon agilité naturelle. Je n'éprouvais pas un médiocre plaisir en remarquant que les yeux de

notre hôte n'étaient fixés que sur moi ; et lorsque nos ombres se dessinaient sur la boiserie
blanche, je m'aperçus, pour la première fois
avec satisfaction, que j'avais la taille plus élégante que les demoiselles de Salm. Mon tour
vint de me bander les yeux : après avoir fait
deux ou trois fois le tour de la chambre,
je courus à la porte devant laquelle étaient
debout mon père et l'étranger, et je pris ce
dernier par le bras pour l'attirer dans notre
cercle. Je me permis cette familiarité dans un
moment de gaieté que ces sortes de jeux inspirent ; je badinais souvent ainsi, même avec
mon père. Je tenais déjà le bras de l'étranger, lorsque je me demandai tout d'un coup
si ce que je faisais était convenable ; mon esprit fut étonné de ce doute, parce qu'il n'en
démêlait pas le motif secret. Malgré cette ir-
résolution, je tenais toujours le bras que j'a-
vais pris, jusqu'à ce que s'étant débarrassé
de ma main, il me saisit par la taille.

O doux moment de la vie, où le cœur est
atteint des premières étincelles de l'amour,
quelle impression tu fais sur les ames tendres !
toujours tu leur restes présent.

J'avais été élevée dans la plus grande pureté de mœurs et d'imagination ; c'était le
premier homme qui me causât quelque émo-

tion. Depuis son arrivée, je me sentais environnée de ce tissu magique que les regards de
l'amour semblent produire, et dans lequel tout
ce que nous faisons, prend un caractère de
tendresse, de délicatesse et d'intérêt.

Lorsqu'il me toucha, je tremblai, et la
même influence semblait nous agiter l'un et
l'autre. Livrée à la douceur de ces premiers
mouvemens, j'étais devenue muette, et ne
cherchais pas à résister à la douce violence
qu'il me faisait. Lorsqu'enfin j'écartai son
bras, il me dit, en me retenant de nouveau :
« Aimable enfant, ne tombez pas. » Je cherchai à cacher mon émotion par une plaisanterie, et je prétendis qu'il devait prendre ma
place. Il délia le mouchoir qui couvrait mes
yeux, et quand je le regardai, les siens étaient
fixés sur moi ; une douceur charmante en
tempérait la gravité. Ah ! vous m'avez donc
pris, ma belle enfant ! Voulez-vous tout de
bon me retenir, me dit-il du ton le plus tendre, quoiqu'à demi-sérieux, et avec ce son de
voix enchanteur qui pénètre jusqu'au fond de
l'ame ? Il se mêla alors à nos jeux pendant
quelques instans, avec autant d'enjouement
que d'adresse. La beauté de sa taille, la grâce,
la légéreté de ses mouvemens s'y déployèrent
avec avantage. Lorsqu'il se retira, il me rendit
le

le mouchoir, en me disant « que je l'avais ra-
jeuni de vingt ans, puisqu'il n'était plus permis de porter le bandeau de l'amour à qua-
rante. » En prononçant ces derniers mots il
me regarda fixement, comme s'il eût cherché
une réponse dans mes yeux. Bientôt après il
demanda à mon père la permission de se retirer, parce qu'il était très-fatigué, et qu'il
avait le lendemain une forte journée à faire;
il sortit doucement de la chambre sans prendre
congé ni de moi ni de la société; mon père
le suivit. Il avait à peine fermé la porte, que
ces demoiselles et leur frère se répandirent en
questions et en conjectures sur son compte;
elles voulaient que je leur racontasse jusqu'aux
moindres circonstances de son arrivée. La présence de mon père qui rentra, les contint un
peu. Il avait su introduire dans sa maison le
ton noble et décent qui bannit ce babil indiscret et puéril, fruit et nourriture ordinaire
de la petitesse de l'esprit. Le jeune de Salm,
qui connaissait cependant assez le prix du
mérite et de l'instruction pour se montrer
empressé de leur rendre hommage, ne pouvait
se lasser de donner des louanges à l'étranger.
C'est un homme étonnant, s'écriait-il avec
cet enthousiasme affecté dont les ames mé-
diocres sont si susceptibles; c'est en vérité

*I. Partie.*                 C

un homme étonnant. Comme il parle bien et
juste ! Quel feu brille dans ses yeux ! et comme
il y a quelque chose de grand et de distingué
dans toute sa personne ! Quelle grâce il met à
tout ce qu'il fait ! comme il est toujours au
dessus des autres ! Et cela, Monsieur, dit mon
père, par la simplicité et la raison ; ce qui
constitue la véritable supériorité. Les demoiselles furent du même avis, et ajoutèrent
qu'il avait un très-bon ton. Elles parurent
cependant, à cause de mon père, supprimer
un reproche qui était déjà sur leurs lèvres ;
elles avaient été blessées de ce que le peu
d'attention que l'étranger avait accordée à
la jeunesse, avait été dirigée toute sur moi.
Combien je fus satisfaite, lorsque la société
prit enfin congé et me laissa seule avec mon
cœur ! Mon père me souhaita aussitôt une
bonne nuit, et me chargea de faire préparer
le déjeûner pour sept heures. Je le quittai lui-
même avec plaisir, pour la première fois de
ma vie ; je disposai ce qui était nécessaire
pour le lendemain, et me retirai dans ma
chambre. Je m'y jetai dans un fauteuil à
côté de mon lit, et me livrai aux souvenirs
délicieux dont mon ame était remplie. Je
n'étais occupée que de la soirée que je venais
de passer ; avec quelles couleurs enchante-

resses elle se peignait à mon esprit! Un jour
nouveau semblait se lever pour moi et vivifier
tout mon être, en faisant succéder à un faible
crépuscule la plus vive clarté. Une foule de sentimens délicieux, inconnus jusqu'alors, remplissait mon cœur; je sentais encore l'impression de sa main, et je posais comme un enfant la mienne sur l'endroit du bras qu'il
avait touché, pour tâcher d'en renouveler la
douce sensation : je jouis durant quelques instans de ce charme divin que fait naître dans
l'âge de l'innocence la plus douce des passions chez un cœur fait pour l'amour la première fois qu'il en est pénétré. Me donner à
ce mortel si parfait, qui me paraissait une
image de la Divinité; n'exister, ne sentir
qu'avec lui et par lui, telles étaient déjà mes
pensées. J'entendis cependant sonner minuit;
mais ce fut en vain que je me mis au lit après
avoir préparé un déshabillé frais pour le lendemain. Des songes enchanteurs me bercè-
rent en me présentant l'intéressant inconnu
sous mille formes différentes. Le jour parut
enfin. Tu le verras dans quelques heures, me
dis-je, et je me sentis frappée de cette crainte
singulière qu'inspirent aux hommes les objets
de leur respect et de leur admiration. Je m'habillai avec émotion, et traversai sur la pointe

des pieds la chambre de Rose, pour la laisser
encore jouir d'une heure de sommeil; j'osais
à peine respirer lorsque je passai dans le corridor devant la porte de l'inconnu. En entrant
dans le sallon, je fus saisie de nouveau du vif
souvenir de la veille ; tout y était encore
comme je l'avais laissé : je m'assis sur la chaise
que notre hôte avait occupée ; l'aurore pur-
purine enflammait le ciel à l'orient, les som-
mets des monts étaient déjà éclairés, et se
dorèrent bientôt des rayons du soleil ; les
chaînes des montagnes plus éloignées et les
collines qui couronnent notre vallon, surna-
geaient dans la vapeur bleuâtre des matinées
d'automne, et les plus riches couleurs de cette
saison embellissaient ce paysage charmant. La
rivière faisait étinceler ses petits flots argentés
à travers les ombres du rivage, qui se dissipèrent insensiblement. Cette contrée charmante et si connue me parut toute nouvelle;
l'image dont j'étais remplie, était mêlée à tout
ce que je voyais, et embellissait tout à mes
yeux. Marie, notre second domestique, entra
pour préparer la chambre, et pour justifier
ma diligence extraordinaire, je la grondai
de ce qu'elle venait si tard. Il n'est pas tard,
me répondit-elle, et l'étranger reposera volontiers encore quelque tems.

Ces mots, les premiers qui frappaient mes oreilles, m'arrachèrent à l'instant à mes douces illusions, comme le ciseau des parques nous enlève à la vie. L'étranger, répétai-je en moi-même, voilà ce qu'il est, et sera peut-être toujours pour toi, et tu lui livres ainsi ton cœur ! Mes yeux se remplirent de larmes, et j'entrai précipitamment dans le cabinet de mon père, que tous les matins j'arrangeais moi-même doucement, pour que le bruit n'abrégeât point son sommeil. Le rideau de la porte vitrée était ouvert; je pouvais voir son visage qui était en face. Quelle dignité ! quelle sérénité tranquille régnait sur ce front, dont les rides légères n'avaient été formées que par une longue succession de méditations toujours utiles. Que cette bouche, à demi-ouverte, respirait d'intérêt et de tendresse ! La pitié, la charité et la bienveillance semblaient avoir dessiné ces traits pleins de douceur; la main de la bienfaisance reposait sur son paisible sein. Cette tranquillité me fit du bien, et je respirai plus librement. Ah ! dis-je en moi-même, vivrai-je pour tous deux ? L'un, séparé de l'autre, ne peut plus aujourd'hui me rendre entièrement heureuse. J'achevai mes occupations ordinaires, et j'allai ensuite faire préparer le déjeûner. Après

avoir réglé les affaires du ménage, je revins,
et me mis au forte-piano en attendant le réveil de mon père. J'avais à peine ouvert les
œuvres de Nauman et joué quelques accords
de ce morceau sublime (Esprit de l'Univers),
que j'entendis ouvrir la porte derrière moi;
mon cœur battit, et je n'eus plus qu'un brouillard sur les yeux : c'était lui, embelli encore
de tout le charme de mes songes. La crainte
qu'il ne lût mes sentimens sur mon visage,
me jeta dans un embarras pénible. Il me salua affectueusement ; le son de sa voix me
parut encore plus touchant que la veille ; il
m'empêcha de quitter mon clavecin, et accom-
pagna mes notes tremblantes d'une manière
délicieuse et avec une rare perfection.

Je sentais renaître ma tranquillité ; le soleil
montrait sur l'horizon son disque enflammé,
et la douce mélodie de la musique rétablis-
sait le calme dans mon ame; je fus bientôt en
état de joindre ma voix à la sienne, et nos
accords semblaient inspirés par l'amour. Mon
père entra, et s'arrêta pour nous entendre.
Lorsque j'eus fini de jouer, l'étranger se
tourna vers lui et lui prit affectueusement la
main. Nous fîmes ensuite, selon l'usage de
mon père, notre prière du matin; puissé-je,
dit l'étranger en s'adressant à lui, com-

mencer chaque journée d'une manière aussi douce et aussi pure. Le paisible bonheur qui règne dans votre maison, a excité mon admiration et mon envie ; vous êtes heureux ; il ne vous manque rien, et à moi il ne me manque qu'une seule chose que vous pouvez peut-être me donner. Après ces mots il pressa les mains du vieillard contre sa poitrine, tourna ses regards sur moi ; j'étais debout toute émue ; je m'appuyai sur la chaise que je venais de quitter. Mon père le regarda avec bonté ; et comme il retenait toujours ses mains, il lui dit avec douceur : Volontiers, volontiers, si c'est en mon pouvoir. Je ne pus y tenir plus long-tems, mes larmes s'échappaient malgré moi, et je me hâtai de sortir. Il me sembla, lorsque je revins avec le déjeûner, que j'avais interrompu la conversation : mon père était fort sérieux, et l'étranger paraissait ému et rêveur. La bague qu'il portait, brilla de nouveau à mes yeux ; et tandis qu'il buvait avec préoccupation sa tasse de café, le nom fatal frappa mes regards, et m'arracha aux idées délicieuses dont je berçais mon cœur.

Ce nom n'est pas insignifiant, me disais-je : un homme comme lui ne porte de souvenirs que ceux des personnes qui lui sont vérita-

blement chères. Mais s'il avait une sœur? Il
profita d'un moment d'absence de mon père
pour s'approcher de moi, et me dit, en badinant avec les boucles de cheveux qui tombaient sur mes épaules : Charmante fille, puissé-je entrer pour quelque chose dans vôtre
bonheur! Ces mots rendirent à mon ame toutes
ses espérances, et le nom d'Amélie fut oublié. Cependant il se préparait à partir : un
frisson me saisit lorsqu'il prit ses gants et son
chapeau; je le vois peut-être pour la dernière
fois, pensai-je avec tristesse; car il n'avait
rien dit sur le lieu de sa demeure ni sur ses
autres circonstances. Mes genoux pliaient
sous moi, et je fus obligée de m'asseoir sur
la tablette de la fenêtre pendant qu'il prenait
congé de mon père par un embrassement cor-
dial. Il s'approcha ensuite, et me dit d'une
voix altérée, en passant doucement un bras
autour de moi : Ne m'oubliez pas. Je pouvais
à peine retenir mes pleurs. Il était déjà à la
porte de la chambre, et me regardait encore
lorsque nous entendîmes le bruit d'un carrosse qui entrait dans la cour. Il mit la tête
à la fenêtre et dit au cocher d'arrêter, qu'il
descendait ; mais une dame lui cria par la
portière, qu'elle desirait se reposer un moment dans la maison : il répondit qu'ils

n'avaient pas de tems à perdre ; mais elle était
déjà sortie du carrosse, et mon père s'était
empressé de l'aller recevoir. L'arrivée de
la dame ne me laissa pas le tems de m'occuper
de la diversité de mes sentimens. D'un côté,
j'éprouvais de la joie de ce que le départ se
trouvait différé ; de l'autre, je n'étais pas trop
satisfaite de cette nouvelle venue, qui se plaçait
si vîte entre l'aimable inconnu et moi. Ce dernier paraissait plus gêné dans ses manières
depuis l'arrivée de cette dame, à laquelle il
témoignait du respect et de l'attachement :
elle avait de beaux traits, mais ils annonçaient plus de raison que de sensibilité. Le
vernis du grand monde qui était répandu sur
toute sa personne, me parut agréable, mais
ne me disposait pas à la confiance.

Votre absence m'a inquiétée, mon cher
ami, dit-elle en français et à demi-voix à l'inconnu ; je craignais qu'il ne vous fût arrivé
un accident. Il la remercia par une inclination, et dit en se tournant de notre côté :
J'ai passé dans cette aimable famille une des
plus heureuses soirées de ma vie, et je voudrais que vous en eussiez joui avec moi. La
dame me regarda fixement à ces mots, et me
montra depuis plus d'attention. Ils ne dirent
rien qui pût me faire connaître quels étaient

leurs rapports mutuels. Une grande confiance
paraissait régner entre eux. Je desirais en
vain de lui entendre prononcer le nom de
sœur, et n'osais m'arrêter à l'idée qu'elle pût
être sa femme. Je fus obligée de sortir un instant, et je sentis, lorsque je rentrai, qu'on
avait parlé de moi. La dame me pria de m'asseoir auprès d'elle, me prit la main, me témoigna du plaisir d'avoir fait ma connaissance d'une façon aussi inattendue, me dit
qu'elle espérait que nous nous reverrions bientôt, et assez fréquemment pour nous lier
davantage : ses yeux s'arrêtaient sur nous
avec bienveillance. Je commençai à la considérer comme un tiers qui pourrait nous rapprocher ; ce qui donna peut-être, à mes manières avec elle, la teinte de l'amitié. Le voir !
respirer auprès de lui ! que ces idées avaient
de puissance et de charmes pour moi à l'instant de le quitter ! L'étrangère parla beaucoup
et fort spirituellement avec mon père, de
littérature, des usages, des mœurs des diffé-
rens peuples et du monde en général. Cependant le tems s'écoulait et le moment du
départ revint pour la seconde fois ; mais les
choses étaient bien changées. L'arrivée de la
dame avait mêlé à mes premières impressions
plusieurs autres sentimens. La fierté s'effor-

çait de cacher aux yeux d'une femme pénétrante les mouvemens de mon cœur. Je suivis
les étrangers jusqu'à leur voiture avec une
étonnante tranquillité. Nous nous reverrons,
ma chère enfant, me dit la dame en m'em-
brassant : votre bon père me l'a promis. Son
compagnon pressa ma main contre ses lèvres,
sans rien dire qui annonçât l'espérance de
me revoir. Adieu, dit-il à mon père en nous
regardant avec sensibilité : lorsqu'on vous
quitte, il semble qu'on descend du ciel sur
la terre : donnez-moi votre bénédiction. Ensuite il se tourna vers la dame en lui disant:
N'est-il pas vrai, chère Amélie, que vous
sentez comme moi qu'on ne peut s'éloigner
sans regret de cette maison hospitalière? Ah !
que ces paroles affectèrent douloureusement
mon cœur ! C'est donc là cette Amélie, dis-je
en moi-même ? Heureuse femme ! d'être as-
sociée dans ce monde avec un homme tel que
lui : qu'il doit être doux de s'en occuper sans
cesse, et d'être à son tour l'objet de tous ses
soins ! Mon père resta à côté de moi enseveli
dans ses réflexions jusqu'à ce que le bruit du
carrosse s'évanouit dans le lointain ; il me prit
alors la main, et me conseilla de m'aller reposer.

Lorsqu'il me toucha, je me sentis tressail-

lir, et je fus effrayée de la pensée que j'allais
rester seule avec lui ; avec lui ! pour qui je
ne pouvais ni ne voulais avoir aucun secret.
Dans un mouvement de douleur, je me jetai
dans ses bras en pleurant. Ma bonne, ma
chère enfant, me dit-il d'une voix douce et
consolatrice, tu as bien besoin de repos ; cherche à jouir de quelques heures de sommeil,
tu me trouveras ensuite dans le jardin. Ce
fut en vain que je voulus suivre le conseil de
mon père ; le sommeil fuyait mes esprits agi-
tés. Je retournai à mes occupations ordinaires, et je goûtai un plaisir extrême à mettre
en ordre la chambre de l'étranger. Mon père
fut silencieux et pensif à dîner, mais plein de
tendres attentions pour moi. En sortant de
table, comme j'allais me retirer dans ma
chambre, il m'engagea à le suivre dans le
jardin.

Nous nous assîmes sur une élévation d'où
l'on dominait sur une petite valée, dans laquelle un ruisseau serpentait à travers un
bois touffu de sapins. Il tira de sa poche son
Homère, et lut à haute voix la plainte si touchante d'Andromaque. Durant cette lecture,
j'étais profondément remplie de la douleur
d'Andromaque ; j'oubliai mes propres peines ;
et lorsque le charme de cette divine poésie

eut cessé, mon ame se trouva soulagée, élevée au dessus d'elle-même, et comme portée
dans une nouvelle région. J'aimais, mais mon
amour était devenu plus tranquille et plus tendre. L'image de l'inconnu régnait bien dans
mon cœur, mais ce n'était plus de la même
manière; c'était plutôt (si j'ose m'exprimer
ainsi) avec la teinte de l'astre de la nuit quand
il se réfléchit dans les eaux de la mer. C'est
ainsi que mes idées prenant un autre tour,
ma passion cessa d'exciter dans mon ame une
trop vive agitation; mes jours s'écoulaient
dans un cercle de douces occupations, qui,
bien que distribuées avec régularité, l'étaient
d'une manière si sage, qu'on n'y pouvait
apercevoir l'apparence de la gêne ou de la
pédanterie. Ceux qui n'ont pas éprouvé les
douceurs d'une vie uniforme, n'y voient que
de l'ennui; mais celui qui sait combien l'ame,
fatiguée des peines de la vie et du tourbillon
du monde, retrouve avec joie, dans la solitude bienfaisante, le sentiment de son existence, et combien l'ordre et le repos lui deviennent nécessaires; celui-là, dis-je, estimera
ce genre de vie le plus heureux de tous. Quant
à moi, comment ne m'aurait-il pas satisfait?
Le souvenir de celui que j'aimais, se mêlait à
toutes mes occupations; mon père était en-

core plus tendre et plus occupé de moi qu'à
l'ordinaire, au moins ses attentions paraissaient plus suivies. Le silence délicat qu'il
gardait sur les premiers mouvemens de mon
cœur, me touchait sensiblement; il les connaissait mieux que moi-même, mais il évitait,
avec le soin le plus tendre, tout ce qui aurait
pu m'embarrasser. Combien de tels ménagemens ajoutent à la confiance et à l'amitié!
L'on dirait alors que les ames se rapprochent
plus intimement, et n'ont plus besoin, pour
s'entendre, du secours de la parole. Mais cette
discrétion si précieuse, si salutaire aux bles-
sures de mon cœur, me parut prouver aussi
que mon amour était sans espérance.

Ah! cette Amélie est sa femme, me disait
souvent une voix secrète; mais à l'instant une
autre lui répondait : Non, il ne se serait pas
permis de te montrer tant d'affection. Tous
ses discours n'annonçaient-ils pas le desir de
t'obtenir? Et mon cœur, ouvert à l'espérance,
se plaisait à écouter cette seconde voix.

Je remarquais dans la conduite de Rose
quelque chose de contraint et de cérémoniel,
et que je ne m'expliquai que quelque tems
après. A l'exemple de mon père, tout babil
inutile était banni entre nous; cette fille m'a-
vait élevée, et nous nous respections trop

mutuellement pour nous rien dire qui ne fût
pas convenable et raisonnable. Cela n'empêchait pas cependant que Rose, qui avait à combattre la vieille habitude du babil, et qui de
plus comptait sur les égards que je devais avoir
pour elle, ne s'abandonnât quelquefois, en
l'absence de mon père, à son humeur cau-
seuse. J'attendais en vain, depuis plusieurs
jours, un mot sur le séjour de notre hôte,
qui, vu la vie uniforme que nous menions,
devait nécessairement l'avoir frappée : j'aurais eu bien du plaisir à entendre prononcer à
quelque être vivant le nom chéri ; ç'aurait été
une preuve pour moi de la réalité du passé,
qui était quelquefois sur le point de s'effacer
de mon ame comme un songe léger.

Plusieurs jours s'écoulèrent sans recevoir
de nouvelles de l'étranger ; j'examinais, avec
la plus grande attention, les adresses et les
cachets de toutes les lettres qui arrivaient,
car je connaissais les correspondans ordinaires de mon père. Après cinq couriers atten-
dus en vain, nous reçûmes enfin une lettre
avec un grand cachet inconnu ; je la donnai
d'une main tremblante à mon père à son
lever, et dans ma brûlante impatience j'oubliai d'aller chercher le déjeûner. Il regarda
l'adresse et le cachet, et après avoir ôté la

lettre de son enveloppe, il se mit à la lire tranquillement. J'étais accoutumée à juger par le visage de mon père, de tout ce qui se passait dans son intérieur; je l'examinai attentivement et avec émotion, pour voir l'effet que ferait sur lui le contenu de la lettre : je lus d'abord sur son visage un étonnement mêlé d'un peu de joie, mais qui disparut bientôt sous l'expression de la douleur. Mon trouble s'accrut lorsqu'il remit avec précipitation la lettre dans sa poche, et demanda le déjeûner en s'efforçant de prendre un air tranquille : le jour s'écoula dans cette angoisse qu'on éprouve lorsque l'on s'attend à quelque commotion. Chacun s'occupa comme à l'ordinaire; mais les nuages répandus sur le front du maître de la maison attristèrent tous ses habitans.

Au retour d'une promenade solitaire, mon père me trouva seule dans le salon; je me sentis émue; car il avait évité pendant toute la journée d'être en tête à tête avec moi, et je tenais déjà le bouton de la porte pour sortir, lorsqu'il me dit : Reste, mon enfant, reste; j'ai à te communiquer des choses très-importantes qui m'oppressent le cœur, et que la résignation et la confiance en la bonté suprême peuvent seules me faire supporter. Le tems

est.

est venu où il faut que nous nous séparions : je m'élançai dans ses bras en poussant un cri perçant; ses pleurs arrosaient mes joues, et nous nous tenions embrassés sans pouvoir parler. Lorsque notre douleur se fut un peu calmée, il continua d'une voix altérée :

La providence m'a confié ton éducation, mon unique, mon excellent enfant; elle a été ma plus douce occupation. Dieu ne m'a pas fait riche, mais je m'étais fait un devoir d'économiser chaque année de quoi te mettre, après ma mort, à l'abri du besoin et de la dépendance; ma seule inquiétude était de savoir où tu vivrais. Il n'y a personne dans le cercle de nos liaisons habituelles, à qui j'eusse pu te confier avec tranquillité d'esprit; mes amis particuliers sont tous trop éloignés, et dans des circonstances qui ne pourraient te convenir : il faut que nous nous occupions de te procurer un asyle après ma mort. Retiens tes pleurs. Un vieillard de soixante-dix ans doit être familiarisé avec l'idée de la mort comme avec celle du sommeil, et nous nous retrouverons ensemble à notre réveil. Un regard céleste brilla dans ses yeux, et pénétra jusqu'au fond de mon ame. La vie, avec ses peines et ses plaisirs, ne me parut plus qu'un songe, et je devai avec résignation les yeux

*I. Partie.*                               D

vers le ciel et vers mon père. Autant je souf-
frirai de ton éloignement, ma chère fille,
continua-t-il, autant je remercie la providence de m'avoir fourni l'occasion de te placer auprès de personnes qui méritent mon
estime, et qui, par leur situation et leur per-
sonnel, sont à même de te rendre la vie heureuse et agréable. La dame qui vint l'autre
jour ici, se nomme la comtesse de Vildenfels:
son extérieur annonce de l'éducation et l'usage
du monde; mais je connais aussi son caractère, par les informations que m'en a données
un de mes meilleurs amis, et je puis te confier sans inquiétude à ses soins : elle desire
t'avoir, l'hiver prochain, comme demoiselle
de compagnie, et par une suite de l'intérêt
particulier que tu lui as inspiré, elle veut que
tu acquières, avant cette époque, quelques
petits talens que tu ne pourrais pas cultiver
dans notre retraite. Si tu es satisfaite de la
comtesse, et si ce nouveau genre de vie te
plaît, elle te gardera toujours auprès d'elle.
Elle demeure à présent à D..... Je le reverrai!
fut ma première pensée; mais les espérances
agréables que cette idée fit naître en moi, furent bientôt chassées par le sentiment douloureux de ma séparation avec mon père. Tu
essaieras cette nouvelle situation, me dit-il:

si tu ne peux t'y accoutumer, tu reviendras vers moi, tu fermeras mes yeux, et je te recommanderai à notre père céleste; mais je ne puis pas vouloir acheter le bonheur du peu de jours qui me restent, par celui de toute ta vie. Fais donc tout ce que tu pourras pour te rendre agréable dans le monde où tu vas entrer.

La comtesse devait m'envoyer chercher par sa femme-de-chambre dans trois jours : mon cœur était oppressé de sentimens douloureux. Tous les plaisirs d'une enfance fortunée, toutes ces heures délicieuses que procurent les rêves d'une imagination naissante se retraçaient vivement à mon esprit au moment de quitter ces lieux si chers. J'allai dans le village, et reçus avec attendrissement les vœux sincères des bons paysans : mon père communiquait souvent ses démarches aux plus intéressans d'entre eux ; il leur avait aussi parlé de mon voyage, et leur avait dit qu'il cherchait par-là à me procurer un asyle après sa mort. Quelques-uns le prièrent instamment de ne pas s'inquiéter de l'avenir, et voulaient, après lui, se charger de moi; les autres voulurent me faire accepter des présens considérables pour leur fortune. Le moment où je me séparai d'eux, me fit sentir

combien serait douloureux celui où je quitte-
rais mon père. La famille de Salm reçut ma
visite d'adieux, avec une cérémonie extraordinaire : Je vous embrasserai peut-être comme
une grande dame quand je vous reverrai, me
dit l'aînée. Je regardai ce discours comme une
plaisanterie de jeunes filles, et le racontai dans
ce sens à Rose. La bonne vieille me regarda
quelque tems attentivement, me conduisit
dans sa chambre avec un silence mystérieux,
et ferma la porte avec soin ; alors elle me
pressa contre son sein, couvrit mon visage
de baisers et de larmes, et s'écria : Ah ! de
quel poids je me sens soulagée ! Dieu soit béni !
chère fille ; je n'ai pas perdu ta confiance ; je
vois bien à présent que tu n'étais pas instruite
de la demande qu'a faite de toi l'étranger, et
que voilà pourquoi tu ne m'en as jamais parlé ;
tu pourrais bien me taire quelque chose, mais
ma chère enfant que j'ai élevée, serait incapable de dissimuler ainsi et de jouer l'ignorance. Que veut dire tout ceci, ma bonne,
lui dis-je en la regardant avec la plus grande
surprise ? Tu sauras tout, ma chère fille, mais
il faut que tu te taises, même avec ton père,
quoi qu'il puisse t'en coûter : non, je ne puis
comprendre sa conduite en cette occasion,
quelque bonne qu'elle me paraisse à l'ordi-

naire; je lui en demande pardon, mais il faut
que je découvre tout à mon Agnès.

Te souviens-tu, mon enfant, du matin où
ce bel étranger était ici? Tu quittas une fois
précipitamment la chambre, et il resta seul
avec ton père. Eh bien! j'étais dans le cabinet
à côté; tu sais qu'il n'est séparé de la chambre que par une simple cloison, aussi j'entendis parfaitement tout ce qu'ils dirent. Et
comme il s'agissait de toi, mon cœur seconda
mon attention, et je ne perdis pas une syllabe. Charmante créature, s'écria l'étranger
lorsque tu eus fermé la porte! oh! conserve
cette pureté, cette touchante simplicité de
cœur, je serai le plus heureux des hommes
de t'avoir rencontrée! Mon respectable ami,
continua-t-il, nous avons tous les deux le
même amour pour la vérité, agissons ensemble sans détour, acquérons une connaissance
plus approfondie les uns des autres; et si,
comme je l'espère, nous en demeurons satis-
faits, mon père, accordez-moi alors votre aimable fille, et j'ose vous promettre de la rendre
heureuse. C'est à elle à disposer de sa main,
répondit mon maître; elle n'est pas ma fille.
Il m'importe peu de savoir quels sont ses parens, répartit l'étranger. Je possède les avantages que les pères recherchent ordinairement

dans un mariage ; je suis riche et d'une famille
distinguée , et si son véritable père , celui qui
a formé son esprit et son cœur, me juge digne
d'être heureux par elle , je serai au comble
de la félicité. Je ne m'informe pas de ce qu'elle
peut posséder ; je suis indépendant ; mais vous
trouverez en moi un homme singulier ; je vous
ouvrirai mon cœur, je vous écrirai : mon
adresse est : *Au baron de Nordheim , à D....,*
En attendant, dès aujourd'hui vous pouvez
être sans inquiétude sur l'existence future de
cette adorable enfant : si je ne l'épouse pas, je
lui fais don d'une fortune suffisante pour la
rendre indépendante ; au reste , je vous prie
de ne pas lui dire un mot de tout ceci. Votre
bonté me touche profondément , dit votre
père ; il me sera bien doux de laisser sur la
terre mon Agnès épouse d'un homme tel que
vous : sa naissance est un secret impénétrable
pour moi-même , et il faut que je renferme
dans mon sein jusqu'à mes conjectures ; tout
ce que je puis vous dire, c'est..... Tu rentras
alors, et leur conversation fut interrompue.
Ce récit, tout en m'étonnant, m'expliqua
bien des choses. Avec quel ravissement je me
reposais sur cette idée , être sa femme ! être
la créature la plus rapprochée de lui ! Cependant j'étais affligée d'avoir appris quelque

chose contre le gré de mon père, et j'éprouvais un sentiment si pénible d'être obligée de
le lui cacher, que la douleur de notre séparation en fut moins insupportable.

Le jour du départ arriva : mon ame n'é-
tait plus remplie que de cette vive tendresse
filiale que le meilleur des pères m'avait ins-
pirée ; j'étais dans ses bras privée de l'usage
de la parole lorsque la voiture s'arrêta à
la porte ; il voulut me consoler, mais des
sanglots l'en empêchèrent. Que Dieu te bé-
nisse dans ce monde et dans l'autre, ma
fille, me dit-il d'une voix étouffée ! Nous
nous séparâmes enfin avec cette douleur qui
élève l'ame, et que peut seul produire un sentiment profond.

Ma compagne de voyage était une bonne
femme sans souci, qui s'efforça de me pein-
dre avec les couleurs les plus brillantes ma
nouvelle situation. Je réfléchis pour la première fois à ma naissance et à ce que pouvaient être mes parens. Loin des yeux de
mon père, je me sentais seule et étrangère
dans le monde. Ce sentiment me devenait in-
finiment pénible ; mais je rappelai ma gaieté
et mon courage, en formant la résolution de
rester toujours satisfaite de moi-même, et
de ne me laisser jamais trop maîtriser par les

circonstances extérieures; je me proposai sérieusement de m'occuper surtout des talens
que j'allais acquérir, et qui devaient servir à
remplir mes loisirs et à assurer mon indépendance dans toutes les chances de la vie. Je
me plaisais à penser qu'en me perfectionnant
dans la peinture, je pourrais acquérir le
droit de disposer de tems en tems d'une petite somme, par la vente de quelque tableau, et que j'en acheterais des livres pour
les envoyer à mon père, car je savais qu'il
s'en refusait souvent pour me faire de petits
présens.

Au milieu de tous mes projets, l'amour qui
remplissait mon cœur, était trop vrai pour
que je me fisse quelque idée de bonheur qui
lui fût étranger; lorsque je pensais à l'objet
chéri, j'oubliais tout le reste, comme une
ame toute entière à la religion voit s'évanouir
ce qui n'est que terrestre lorsqu'elle s'élance
vers le ciel.

Le second jour de mon départ, dans l'a-
près-dîner, le froid, qui était très-vif, nous
força de nous arrêter à N..... pour quelques
heures. On nous fit d'abord entrer dans la
pièce commune aux étrangers, comme étant
la plus chaude : il s'y rencontrait plusieurs
voyageurs. Un homme était assis auprès du

feu : il avait l'air de réfléchir profondément ;
dès qu'il me vit, il se leva et me regarda fixement. Où allez-vous, ma belle enfant, me
dit-il ? Et comme je lui répondis, à D..... il
branla la tête d'un air mécontent et marmota
entre ses dents : Si belle ! si jeune ! Cet homme
singulier était d'une taille au dessus de la
moyenne ; il portait un surtout bleu usé ; ses
cheveux noirs tombaient épars sur ses épaules, et ses yeux enfoncés sous un front élevé
lançaient des regards sévères et pénétrans.
Son linge était propre et fin. Il tira de sa poche des tablettes, et me pria d'y écrire mon
nom et le lieu de ma demeure. Ensuite il me
demanda poliment de lui permettre de faire
une esquisse de mes traits. Cette proposition
et toute sa conduite me paraissaient étranges ;
mais il y avait dans toutes ses manières tant
de simplicité et de franchise, qu'il était impossible de lui rien refuser. Vous êtes née
sous un signe fortuné, s'écria-t-il après avoir
donné quelques coups de crayon : vos traits,
divine créature, n'ont rien de contradictoire.
Oh ! veillez toujours à conserver cette précieuse harmonie par la pureté de vos affections. Toute votre perfection consiste à rester telle que la nature vous a formée. Cet
œil bleu et si doux est fait pour discerner

la vérité de l'erreur; et sur ce front charmant
se développent des pensées tendres et justes;
comme ce petit nez s'arrondit agréablement !
incertain encore s'il prendra l'expression de
la sagesse et de la prudence, ou s'il annon-
cera la légéreté, l'insouciance et la gaieté.
Mais c'est un bon ange qui a dessiné avec le
doigt de l'amour cette bouche de rose; qu'elle
respire d'ingénuité, de candeur et de tendresse ! O aimable fille ! que la vérité soit toujours
sur vos lèvres ! Que Dieu vous accorde de rencontrer un cœur digne du vôtre, et vous deviendrez une femme accomplie. Il travaillait
à son dessin pendant ce discours qu'il laissait
échapper, comme s'il eût été seul et qu'il se
fût parlé à lui-même. Quand il eut saisi et
esquissé mes traits, il me tendit la feuille, en
me disant d'un ton solennel : Le tems fanera
les roses de la jeunesse ; mais puisse dans
trente ans la même expression animer cette
physionomie ! Si nous nous revoyons un jour
et que vous soyez devenue une femme ordinaire, en suivant l'exemple de tant d'autres,
cette esquisse deviendra pour vous un juge
sévère. Puissent ces yeux célestes ne jamais
servir au manége de la coquetterie ! Puisse
cette bouche charmante n'exprimer jamais
qu'un amour pur et vrai ! Hélas ! j'en ai vu

beaucoup de ces anges dégradés, et j'ai con-
templé ces ruines de l'humanité, comme un
cultivateur affligé se promène dans un champ
où la grêle a ravagé la plus riche moisson.
O ma fille ! souvenez-vous qu'une femme ne
peut être heureuse que par la simplicité, la
vérité et l'amour vertueux. L'ensemble de cet
homme m'avait émue ; il régnait dans tout
ce qu'il faisait et disait un tel ton de vérité
et d'autorité, qu'on oubliait la singularité de
ses manières. Vous reverrai-je bientôt, lui demandai-je avec un intérêt qui ne lui échappa
pas ? Je sais rarement ce que je ferai, me répondit-il : mon tems ne m'appartient pas, et
je suis entraîné par le cours de mille circonstances. Je vous observerai peut-être, et vous
suivrai des yeux lorsque vous vous en dou-
terez le moins. Peut-être aussi mon état de
peintre me procurera-t-il l'occasion de vous
rencontrer souvent. Cultivez la peinture,
ajouta-t-il : tel que la voix d'un ami sage et
fidèle, cet art console et tranquillise l'ame. Il me
conduisit au carrosse et me donna un grand
rouleau de papier. Gardez-le comme un souvenir ; qu'il soit, me dit-il en souriant, un
talisman qui, en vous présentant l'image de
votre heureuse destination, vous soutienne
dans les épreuves que peut-être l'amour vous

prépare. Il avait disparu avant de m'avoir
donné le tems de le remercier, et je fus surprise de trouver, en déroulant la feuille qu'il
m'avait remise, une belle copie de la Madone
della Sedia, par Raphaël.

J'arrivai le jour suivant à D..... Il faisait
nuit quand nous nous arrêtâmes devant la
maison de la comtesse. Une longue enfilade
de pièces par laquelle on me fit passer, était
illuminée : on me dit que madame la comtesse avait beaucoup de monde, et qu'elle
avait ordonné qu'on m'introduisît dans son
cabinet. Au bout de quelques momens elle
parut elle-même dans la parure la plus brillante; ce qui semblait donner à ma réception
quelque chose de plus cérémoniel que je ne
l'eusse desiré, car je m'étais promis de lui
montrer de la franchise et de l'amitié. Je sens
tout ce qu'il doit vous en avoir coûté en vous
séparant de votre père, ma chère amie, me
dit-elle après m'avoir embrassée. Je ferai
tout ce qui sera en mon pouvoir pour adou-
cir cette séparation ; si vous voulez que je
sois contente de vous, confiez-moi tous vos
desirs avec la franchise d'une amie. Je suis
obligée de vous quitter pour une heure ou
deux, n'ayant pu me dispenser de recevoir
aujourd'hui beaucoup de monde : amusez-

vous pendant ce tems-là avec ma bibliothèque et mes gravures ; ma femme-de-chambre
vous habillera ensuite , et je viendrai vous,
chercher , si vous le voulez bien, pour souper; je me fais un vrai plaisir de vous voir
mise dès ce soir à ma fantaisie. J'avais remarqué dans notre première entrevue, que vous
étiez de ma taille, et je vous ai fait faire un
habillement à la dernière mode : il ne faut pas
négliger ces bagatelles avec les grands enfans
dont le monde fourmille, me dit-elle en riant,
et là-dessus elle me quitta. En examinant la
pièce où j'étais restée , je fus agréablement
frappée du goût et de la magnificence qui y
régnaient; mon imagination me représentait
l'avenir, et me transportait dans les différentes situations qui m'attendaient peut-être dans
cette maison. L'appartement que j'examinais ,
me plaisait extrêmement; tous les meubles en
étaient recherchés et agréables ; des rideaux
de soie verte descendaient en élégantes dra-
peries, et formaient comme de légers nuages
autour des croisées; et au dessus d'une ottomane placée dans une alcove, une belle lampe
antique était suspendue au plafond par une
chaîne d'or, et répandait une douce clarté
sur tous les objets. Entre les deux fenêtres,
précisément vis-à-vis l'ottomane , un rideau

de gaze couvrait un grand tableau ; je le tirai, et je crus voir Nordheim lui-même : à l'instant le charme divin de sa présence pénétra dans tout mon être comme un baume délicieux, et le vivifia, comme au printems les premiers rayons du soleil rendent à la vie un corps faible et languissant. Toutes mes inquiétudes s'évanouirent ; je le possédais de nouveau ; j'étais dans le ravissement ; insensiblement pourtant je considérai le portrait avec plus de sens-froid ; il était de grandeur naturelle, debout devant un buste de la comtesse : une de ses mains était appuyée sur le dos d'un fauteuil, et sa tête un peu penchée en avant, lui donnait l'air de contempler ce buste avec délice. Il faut, dis-je en moi-même, qu'il ait avec cette Amélie des liaisons bien intimes : son portrait est le seul qui soit dans cette chambre. Ah ! n'est-elle pas un temple de l'Amour, et lui-même n'en est-il pas le dieu ? Affectée de cette idée, je m'aperçus tout à coup avec émotion que la comtesse était auprès de moi ; ses grands yeux m'examinaient avec une inquiète curiosité ; elle parut vouloir feindre de n'avoir point aperçu mon embarras, et me dit légérement : Vous aurez sûrement trouvé ce portrait excellent ; j'ai coutume de le garantir ainsi de la poussière.

Elle poussa un ressort, et un panneau de la tapisserie couvrit le tableau. Il me sembla qu'un nuage environnait son front ; cependant elle me dit avec amitié : Je vais vous conduire dans l'appartement qui vous est destiné ; vous l'habiterez aussi long-tems que vous vous y plairez ; je perdrai toujours trop tôt ma jeune amie , et j'emploierai tous mes efforts pour l'attacher à moi ; peut-être que quelque génie , ajouta-t-elle finement, m'aidera à tracer autour d'elle un cercle magique pour la retenir.

Mon appartement était composé d'un salon, d'une chambre à coucher et d'un cabinet de toilette : ces trois pièces étaient agréablement ornées, et pourvues de tout ce qui pouvait m'être utile et commode. Il fallut que je me laissasse habiller par la femme-de-chambre , et lorsque je fus prête la comtesse me conduisit au salon. Vous ne vous êtes peut-être jamais trouvée dans un aussi grand cercle que celui où je vais vous introduire, me disait-elle tandis que nous traversions une longue galerie, mais je n'en ai point de souci pour vous : votre esprit juste et délicat vous inspirera le rôle que vous y devez jouer : au reste, ma chère enfant, l'art des grands cercles se réduit à prendre le moins de place possible. Les parties oc-

cupaient presque tout le monde lorsque nous
entrâmes ; la comtesse me présenta à quelques
tables, sous le nom de mademoiselle de Lilien ;
Lilien était le nom de mon père adoptif, et je
me l'entendais toujours donner avec un mouvement d'orgueil et de joie ; mais le *de* me
fit quelque peine : il m'en coûtait de me parer
d'un titre qui ne m'appartenait pas, et ma
fierté souffrait de ce lustre emprunté ; il fallut
pourtant bien s'y résigner pour le moment.
On me fit quelques questions indifférentes,
auxquelles je fis des réponses naturelles. La
comtesse m'appela auprès de sa partie, et me
témoigna la plus grande amitié ; ce qui attira
bientôt sur moi l'attention générale. Lorsqu'on eut quitté le jeu chacun se crut obligé
de me dire quelque chose, et j'étais accablée
de galanteries et de questions sur ma demeure
précédente, sur mon voyage, etc. La comtesse savait écarter avec art tous les éclaircissemens qui auraient pu m'embarrasser ; ce qui
fit naître dans mon cœur, pour la première
fois, une tendre reconnaissance pour elle.

La plus grande partie de la société s'étant
retirée après le jeu, la conversation devint
générale pendant le souper, et je pus me former une idée du caractère de quelques-uns
des convives. Mon esprit, encore étranger aux
                                        maximes

maximes du monde fut frappé de la foule de
paradoxes devenus si familiers aujourd'hui.
Jusqu'alors je n'avais pas imaginé que la succession du jour et de la nuit fût plus naturelle
que l'obligation de plaindre le trompé et de
haïr le trompeur, de préférer la vertu à l'opinion des hommes, et l'honneur à notre avantage particulier. Je voyais toutes ces notions
renversées dans les jugemens que l'on portait;
les passions même qui exigent une certaine
force d'ame, telles que l'amour et l'ambition,
étaient l'objet des railleries de plusieurs de ces
Messieurs.

La haute région où ils semblaient s'être
placés pour regarder avec mépris tout ce que
les hommes aiment et respectent, ne m'en im-
posa point; je la considérai comme un triste
désert couvert de ronces et d'épines, arides productions de l'égoïsme et de l'erreur. La comtesse ne paraissait ni approuver ni désapprou-
ver ces discours; elle ne dit rien qui pût me
donner une idée défavorable de son caractère;
mais je me demandais comment elle pouvait
composer ainsi sa société. Je distinguai cependant une jeune dame qu'on m'avait présentée
sous le nom de mademoiselle Élise de R....,
ainsi que deux hommes à peu près de son âge,
placés à côté d'elle, qui me plurent extrê-

I. *Partie.*                                    E

mement par la simplicité et la grâce de leurs
manières; un des deux jetait des regards observateurs autour de lui, lorsqu'il se manifestait une opinion erronée ou bizarre, et souvent il en relevait l'absurdité par quelque
raillerie fine et délicate. Quand on se fut levé
de table, mademoiselle de R.... s'approcha
de moi, et me présenta ces jeunes gens qui
se nommaient d'Albans. Vous vous serez en-
nuyée pendant le souper, me dit mademoiselle de R...., mais nous n'avons pas goûté
un médiocre plaisir à vous considérer; la réunion de la grâce et du naturel est bien rare
ici; j'espère que nous nous verrons souvent.

Tels que vous nous voyez, continua-t-elle
en riant, nous faisons à nous trois une petite
république au milieu du grand état de la société. Monsieur d'Albans le cadet prétend, d'a-
près votre physionomie, que vous devez nous
appartenir, et je sens qu'il a raison.

Si vous ne recevez dans votre république
que des citoyens tranquilles, répondis-je gai-
ment, je crois mériter d'y être admise; mais
j'espère que vous ne songerez pas à employer
dans les affaires épineuses, dans les négocia-
tions délicates, une campagnarde qui a si peu
de connaissance du monde. Quand on a tout
reçu de la nature, que peut-on apprendre

encore, dit le jeune d'Albans en m'interrompant? Allons, reprit mademoiselle de R...., soyez des nôtres sans conditions ; permettez seulement que je vous instruise des réglemens de notre petite société, et, me conduisant vers la fenêtre, elle ajouta : Ces deux Messieurs et moi, nous avons été élevés ensemble dès notre plus tendre enfance ; un bon génie nous préserva, quand nous entrâmes dans le monde, des travers qu'on y prend le plus souvent.

Nous en avons peut-être d'autres, mais au moins avons-nous conservé notre gaîté et notre amitié les uns pour les autres ; nous détestons la fausseté, nous méprisons la petitesse et nous cherchons à nous préserver du vide de l'esprit. Comme nos relations nous obligent à passer une bonne partie de notre tems dans le grand monde, et que nous ne sommes ni d'un âge ni d'un rang à y donner le ton, nous nous y bornons souvent au rôle de simples observateurs ; nous nous efforçons de résister au torrent, de conserver notre caractère et nos principes ; je crois, ajouta-t-elle, que cette petite réunion a été fort utile à tous trois.

Il arrive souvent que des personnes estimables forment les mêmes résolutions, mais la négligence les gagne insensiblement, et tout en croyant n'accorder aux erreurs dont on est témoin, qu'une louable tolérance, on finit par les partager. Pour éviter cet écueil, nous nous sommes imposé la loi de nous rendre compte tous les huit jours de nos observations réciproques; la communication de nos pensées nous force à les éclaircir et à nous tenir sur nos gardes ; c'est ainsi que l'amitié nous protége et nous rend heureux au milieu d'un monde étranger. J'ai aussi trouvé le bonheur de mon cœur dans notre petit cercle ; d'Albans l'aîné doit m'épouser aussitôt que des circonstances de famille le permettront.

Mon beau-frère futur, qui s'appelle Jules, est vraiment l'ame de notre société par sa vive sensibilité et par le charme de son caractère. Le coup-d'œil plus tranquille et non moins pénétrant de son frère contraste agréablement avec l'ardente imagination de Jules.

Veuillez donc nous faire part de vos remarques et de vos idées, et agréez en retour de notre part, la promesse d'une entière confiance et d'une véritable amitié. La pureté charmante de votre ame, que rien encore n'a pu ternir, sera le miroir fidèle qui nous réfléchira les objets dans toute leur intégrité.

Je vous dirai ce que je pense, à vous et à vos amis, avec un vrai plaisir, ma chère demoiselle, répondis-je, et je sens déjà tout ce que je gagnerai à l'échange que vous me proposez.

La comtesse passait ordinairement deux ou trois soirées par semaine dans la société du prince régnant, et je l'accompagnais toujours : le prince était âgé de soixante à soixante-dix ans ; il s'imposait à lui et à sa cour, la gêne sévère de l'ancienne étiquète française que les jeunes princes allemands allaient apprendre à la cour des rois de France, pour la transmettre ensuite chez eux, dans un cercle, à la vérité, un peu plus étroit : la grande habitude avait appris au prince l'art d'accompagner d'une sorte d'aisance et de grâce l'ennui du cérémonial.

Il observait constamment avec les femmes, la galanterie recherchée des anciens chevaliers, ce qui leur rendait son commerce assez flatteur ; mais hors de cette sphère il était insupportable.

Ses enfans cherchaient à s'en éloigner autant qu'ils le pouvaient, ne trouvant en lui, au lieu d'un père, qu'un véritable despote : son fils voyageait presque toujours, et ne lui faisait que par décence quelques courtes visites ; la princesse sa fille, que l'on peignait comme une créature angélique, vivait, sous le prétexte de sa mauvaise santé, auprès de sa sœur aînée, mariée avec un prince d'Allemagne.

Les ridicules des courtisans me paraissaient tout à la fois risibles et déplorables ; le respect profond qui se manifestait subitement à l'approche de leur maître ; la puissance d'un regard qui, gracieux ou sévère, produisait sur eux l'effet d'une commotion électrique, et montait ou démontait en un instant leur physionomie à ressort ; la promptitude de leurs gestes pour aller au devant de tous ses mouvemens, l'instabilité de leur opinion au moindre mot qui sortait de sa bouche, tout cela me paraissait inconcevable ; je croyais voir agir des marionettes et non des hommes.

Le prince me donna beaucoup d'attention lorsque je lui fus présentée par la comtesse. Ma naïveté naturelle, loin de lui déplaire, fut pour lui une nouveauté piquante. La comtesse plaisait particuliérement au prince ; elle avait dans l'esprit une dextérité qui se déployait admirablement auprès de lui, en mettant en jeu toutes les ressources dont il était susceptible ; surtout elle avait le talent de tirer de ses vieux sentimens déjà rouillés (si l'on ose s'exprimer ainsi), et de la masse de préjugés héréditaires qui lui était propre, tout ce qui pouvait se montrer encore sous une forme heureuse ; aussi ne paraissait-il jamais plus à son avantage que lorsqu'il conversait

avec elle. Je ne pouvais m'empêcher de m'en
prendre aux courtisans, d'avoir accoutumé
le prince à les traiter comme de véritables
automates. Les deux d'Albans et le médecin du
prince, qui se sentait un personnage nécessaire, étaient les seuls qui eussent conservé
leur liberté et leur caractère naturel.

Je passais toutes mes soirées avec ces derniers dans différentes maisons. Mademoiselle
de R.... et les deux d'Albans étaient pleins
d'esprit et du caractère le plus aimable. Je
me sentais heureuse avec eux; la vive tendresse d'Élise pour d'Albans l'aîné me plaisait particuliérement : il est si doux pour une
ame aimante, de vivre au sein de l'amour et
de l'amitié ! La comtesse était pleine de complaisance et d'attention pour moi; mais sa
politesse un peu réservée, et peut-être plus encore mon incertitude sur le genre de ses liaisons avec Nordheim, gênait ma confiance.

Je remarquais aussi que le desir de me voir
réussir dans le monde, était ce qui la touchait
le plus. Elle me dit au bout de quelques jours :
Je suis charmée de votre conduite dans la société, ma chère Agnès; j'admire avec quels
succès votre père a su diriger et cultiver chez
vous les dons de la nature sans nuire à sa
liberté.

Vous possédez tous les élémens de la science du monde, une complaisance douce et décente, et ce tact heureux qui fait toujours saisir dans le moment présent ce qu'il y a de plus convenable à faire.

Au reste, nous nous trouvions rarement seules ensemble, et je ne pouvais comprendre comment la comtesse, avec tant d'esprit et de goût, dans une situation aussi indépendante, pouvait perdre la plus grande partie de son tems dans des assemblées où l'on ne trouvait que de la fatigue et de l'ennui. J'admirais son habileté à profiter de la réserve qui règne dans le grand monde, pour écarter toute liaison particulière avec les personnes qui ne lui plaisaient pas.

Comme elle était absolument exempte de petites passions dans les démêlés que cause souvent l'espèce de vanité si commune en Allemagne, elle avait la confiance de tous les partis. Ce noble caractère lui faisait dédaigner aussi le plaisir, si sensible à l'ordinaire, de briller en toute occasion; mais quand elle laissait paraître la supériorité de son esprit, il en jaillissait des éclairs qui faisaient aussitôt rentrer dans leur obscurité (comme des oiseaux de nuit) la sottise et les fausses prétentions. C'était dans les cercles choisis où elle se complaisait, qu'elle aimait à se montrer toute entière, et l'on croyait entendre alors une disciple d'Aspasie. Cependant, loin d'en être éclipsé, chaque petit talent se sentait relevé par sa présence, et tout sentiment noble et généreux se fortifiait auprès d'elle : la conversation n'était intéressante que par le charme qu'elle savait y répandre ; mais son esprit l'influençait d'une manière si insensible et si délicate, que son effet ressemblait à l'élément subtil qui nous environne, et dont on jouit toujours sans s'en apercevoir jamais. J'admirais ses talens ; mais à l'âge où j'étais, la simplicité et les qualités du cœur s'attirent plutôt la confiance et l'amitié, que les brillantes qualités de l'esprit.

Depuis mon arrivée cependant, je n'avais pas encore entendu prononcer une seule fois le nom chéri, et mes lèvres tremblantes n'osaient faire aucune question. N'a-t il pas ordonné d'adresser ses lettres à D...., me disais-je ? Comment se fait-il qu'il ne soit jamais parlé d'un homme tel que lui ? et surtout pourquoi la comtesse ne m'en dit-elle pas un seul mot, elle qui a surpris mon cœur lorsque je regardais son portrait ?

Un soupçon pénible tourmentait mon ame je supposais que la comtesse m'avait appelé

chez elle pour m'éloigner de celui que j'aimais,
et pour lui faire oublier par l'absence l'inclination sans doute passagère qu'il avait montrée
pour moi. Peut-être, me disais-je, qu'à présent même il me cherche chez mon père; il
ne me trouve pas, et le suprême bonheur de
ma vie, l'amour que j'espérais lui avoir inspiré, s'envole pour toujours.

Toutes ces choses, jointes au chagrin que
j'éprouvais de vivre loin de mon père, répandirent un sombre nuage sur mes esprits; mes
nouveaux amis s'en aperçurent, et ils s'effor-
cèrent de le dissiper en redoublant avec moi de
soins et d'attentions délicates.

Je trouvais un charme toujours croissant
dans cette aimable société. Les d'Albans, qui
avaient suivi la carrière de la diplomatie, où
ils s'étaient distingués avantageusement, con-
naissaient parfaitement le monde politique ;
ils avaient été liés avec plusieurs des principaux personnages qui dirigeaient l'Europe, et
ils se plaisaient à nous en entretenir. Mais je
m'aperçus avec douleur, que plus les deux frères se rapprochaient de moi, plus Élise s'en
éloignait; ses yeux m'observaient avec inquiétude quand il m'arrivait de causer avec d'Albans l'aîné, et elle ne recouvrait sa gaîté et sa
sérénité que lorsqu'elle me voyait occupée

uniquement de Jules. Ce dernier s'attachait à moi tous les jours davantage ; mes goûts devenaient les siens ; il mettait le soin le plus tendre à éviter tout ce qui aurait pu me déplaire ; je m'apercevais qu'à mesure que ses sentimens devenaient profonds et vrais, leur expression était plus simple, et je ne pus lui refuser une tendre amitié.

Comme Élise me forçait à rechercher la conversation de Jules de préférence à celle de son frère, il s'abandonna tout-à-fait à l'espérance d'être aimé ; il m'était impossible de lui découvrir le véritable motif de cette conduite, et je souffrais de l'erreur où je lejetais peut-être sur mes vrais sentimens. La figure de Jules était belle, sa taille élégante et bien proportionnée ; mais il manquait à son ensemble ce caractère de fermeté et d'assurance en soi-même qui plaît tant au cœur d'une femme, parce qu'elle sent toujours le besoin d'un appui. Il avait du talent pour la poésie, et quelquefois il s'égarait dans le monde poétique lorsqu'il aurait fallu agir, montrer de l'énergie ou de la présence d'esprit.

Il n'appartient qu'au génie sublime de se faire pardonner cet excès d'enthousiasme.

J'étais ordinairement l'objet des chants de Jules, et je ne pouvais m'empêcher d'être

sensible à la vivacité et à la pureté des sentimens qui les lui inspiraient; mais je connaissais
trop les vraies beautés des grands poëtes, pour
me méprendre sur le degré de son talent.

Élise me fit bientôt connaître qu'elle se
flattait de me voir un jour sa belle-sœur, et
dans tous les châteaux en Espagne que notre
gaîté s'amusait à bâtir dans l'avenir, elle
commençait toujours par établir que nous ne
nous séparerions plus. J'étais loin de penser
comme elle. Tous mes vœux se tournaient
vers une existence indépendante. L'heureuse
ignorance des avantages de la fortune n'exis-
tait plus pour moi : l'orgueil et une sensibilité pénible avaient déjà remplacé la douce
insouciance.

J'éprouvais une répugnance invincible à
recevoir le plus petit cadeau. Les dons de
mon père étaient les seuls qui plussent à mon
cœur; mais la médiocrité de son revenu me
causait un autre genre de peine.

Il est une nuance de sentiment inexprimable entre le plaisir et la douleur, lorsque
nous recevons un présent d'un ami peu favo-
risé de la fortune.

Quand j'ouvris ma malle à D.... j'y trouvai un paquet contenant cinquante louis, sur
lequel était écrit de la main de mon père :

« Reçois, et dépense ceci sans inquiétude;
» c'est en toi seule que je trouve mon bon-
» heur. » Je le pris, en me promettant d'en
user avec la plus grande économie; et pour
éviter aussi les libéralités de la comtesse, je
mis dans ma toilette la plus grande simplicité. J'avais besoin de toute mon industrie
pour être toujours élégamment vêtue; car si
la comtesse s'apercevait, dans ma parure, d'un
peu moins de fraîcheur, j'étais obligée d'accepter un nouvel habit : la crainte de devenir
à charge à mon père, me faisait souvent songer à l'avenir avec inquiétude. Je perfection-
nais mon talent pour la peinture, et pour
me préparer des ressources je m'appliquai
uniquement, et contre mon inclination, au
portrait.

Plus je trouvais de véritable amour chez
Jules, plus ma résolution se fortifiait de lui
refuser ma main, puisque je ne pouvais pas
lui donner en retour un cœur tout à lui. Il
était heureux de vivre auprès de moi, d'être
sûr de mon amitié; il attendait du tems et de
la pureté de son attachement les sentimens
plus vifs que je lui refusais; le desir sincère
qu'Élise, son frère et lui formaient de me
voir entrer dans leur famille, me touchait
d'autant plus, que ma position leur était in-

connue. Mes amis ne se permettaient jamais la moindre question sur ma situation;
ils paraissaient seulement savoir en général
qu'elle n'était pas heureuse du côté de la
fortune. Leur profond silence sur ma vie
passée pouvait même me faire penser qu'ils
présumaient le mystère de ma naissance. Je
ne m'en ouvris point à eux, parce que l'obscurité qui enveloppait mon existence, me devenait tous les jours plus douloureuse; dans
le cas seulement où Jules deviendrait trop
pressant, je me proposais de lui faire un aveu
sincère de ma situation, pour le dissuader de
l'idée de m'épouser.

Dans une des plus belles matinées du printems, nous fûmes en jouir pour la première
fois, Élise et moi, à la promenade publique;
je reconnus dans la foule qui allait et venait,
le peintre que j'avais rencontré à l'auberge
de N..... Il passa une ou deux fois devant
nous sans me saluer, puis il s'arrêta à côté
d'un arbre devant lequel nous devions nécessairement passer. Quand nous fûmes près de
lui, j'allais lui adresser la parole, et le remercier de l'estampe qu'il m'avait donnée,
lorsqu'il me prévint, et me dit en me tendant
un joli petit porte-feuille : Je suis un artiste
qui voyage, mademoiselle; je vous prie d'exa-

miner ces dessins, et d'avoir la bonté de me
les renvoyer ici demain à la même heure; je
m'appelle Jean - Charles. Il avait disparu
avant que j'eusse pu lui répondre, et le
porte-feuille me resta dans la main. Nous
allâmes nous asseoir sur un banc écarté pour
l'ouvrir à notre aise; il contenait quelques
paysages charmans, et plusieurs ébauches
qui représentaient, en grande partie, des
vues de la Suisse. Parmi ces dessins, je trouvai une lettre à mon adresse, avec la prière
de ne l'ouvrir que quand je serais seule.
Élise badina sur ce mystère, et desira que
je la lusse tout de suite; je ne veux tromper
la confiance de personne, lui dis-je d'un ton
à demi-sérieux, et je renfermai le billet, pré-
sumant qu'il contenait un exposé de ses besoins, qu'il avait préféré de m'adresser plutôt qu'à une personne tout-à-fait inconnue.
Dès que je fus dans ma chambre, je rompis
le cachet, et je lus les lignes suivantes, qui
me parurent d'une écriture de femme : « Ma
» chère Agnès, c'est ta mère qui t'écrit.
» Hélas! un enchaînement de malheurs me
» prive de la douceur de t'appeler ma fille
» et de vivre avec toi; même à présent, ce
» n'est que sous le voile du plus profond
» secret que je puis goûter le bonheur de

» me réunir à ce que j'ai de plus cher au
» monde. Jean-Charles te conduira dans
» mes bras demain à six heures du soir. Il
» faut que personne n'ait connaissance de
» cette lettre et de la visite que tu me feras;
» imagine un prétexte pour t'éloigner quel-
» ques heures. S'il t'est impossible d'en trou-
» ver un pour demain, viens un autre soir.
» Mais hâte-toi; je suis malade, j'ai besoin
» de te voir, et je ne pourrai pas m'arrêter
» long-tems à l'endroit où je suis actuelle-
» ment. Tu peux te fier entiérement à Char-
» les; c'est mon ami. »

Ma mère ! ma mère ! m'écriai-je, et la
violence de ce sentiment si nouveau et si
doux éclata par un torrent de larmes. Je
connaîtrai le nœud le plus saint de la nature,
me dis-je avec transport; je ne serai plus
une créature abandonnée, pour qui, même
dans les douces étreintes de l'amitié, l'on
éprouve un sentiment de compassion. Mais
comment se fait-il que le ministre d'Höhen-
fels m'ait toujours fait entendre que j'étais
sans parens? Aurait-il pu me tromper?

Je me perdais dans ces pensées : ma tendre
vénération pour mon père adoptif repous-
sait bien loin tout soupçon injurieux pour
lui. Non, me dis-je enfin, il ne voulait pas
　　　　　　　　　　　　　t'abuser;

t'abuser; mais il était lui-même dans l'incertitude, et sa tendresse pour toi l'empêchait de te tourmenter par des conjectures incertaines; d'ailleurs, n'étais-je pas assez heureuse par son amour?

Je me rappelai alors ce que Rose m'avait rapporté de la conversation de Nordheim et de mon père, et je n'eus plus le moindre doute sur la pureté de sa conduite. Ce fut avec une brûlante impatience que j'attendis le lendemain pour rejoindre Charles. Les plaisirs de la ville touchaient à leur fin; ce qui les faisait rechercher avec plus d'ardeur encore. Il devait y avoir un bal masqué le jour suivant, circonstance qui pouvait faciliter mon absence. Comme il était possible que je ne pusse réussir à parler à Charles sans être aperçue, je mis dans son portefeuille un billet qui contenait ces mots : « Je » viendrai à l'heure fixée; trouvez-vous à six » heures à la porte du jardin; je serai prête à » vous suivre partout. » Je fus obligée, pour la première fois de ma vie, de chercher des détours le lendemain pour aller seule à la promenade : la confiance de mon père m'avait constamment préservée de tous ces petits mensonges auxquels on a si souvent recours dans le monde. Ce ne fut qu'avec la plus

*I. Partie.* F

grande répugnance que je me résolus à employer la ruse.

Un sentiment pénible porte naturellement
à la réflexion. Si l'on se servait de ton inexpérience pour te tendre des piéges, me disais-je
tristement en prenant le chemin de la promenade ( au lieu d'aller chez Élise, comme
je l'avais dit à la maison ) ! N'est-ce pas commettre une imprudence, que de suivre ainsi
un inconnu ? Mais le nom chéri de mère, ce
nom si saint ! et puis elle est malade ! Je n'ai
pas le tems de demander conseil à mon père,
à Hohenfels ; il faudrait la laisser dans l'incertitude, et je pourrais la perdre pour toujours, ne la voir jamais.

Tout en réfléchissant ainsi je me trouvai
en présence de Charles ; la noblesse et la franchise qui se peignaient sur sa physionomie,
me rendirent le calme et la confiance ; il m'apparut comme un bon génie dans ce moment
de trouble, et dissipa toutes mes craintes.
J'irai, oui, j'irai, me dis-je à l'instant, lors
même qu'on devrait méconnaître la pureté
de mes intentions ; mon cœur m'en fait la loi.
Charles était mis proprement ; ses cheveux
noirs tombaient avec grâce sur ses épaules,
et je remarquai dans toute sa personne un air
de satisfaction. Vous trouverez ma réponse

dans ce porte-feuille, lui dis-je en le mettant dans ses mains. Quelle nouvelle avez-
vous de ma mère, lui demandai-je à l'oreille?
car je voyais plusieurs de mes connaissances
qui s'approchaient. Votre mère est heureuse
par l'espérance de revoir sa chère enfant,
répondit-il; j'espère que son indisposition n'a
d'autre cause que la rapidité avec laquelle elle
a fait un long voyage. Vous viendrez ce soir;
je le lis sur votre visage. Je lui fis signe
qu'oui, et m'éloignai promptement.

La comtesse partit à cinq heures pour aller
à une assemblée, d'où elle comptait se rendre
au bal. J'obtins, quoique avec peine, sous le
prétexte d'une indisposition, la permission
de rester à la maison; ensuite je m'habillai
comme voulant aller secrétement au bal pour
y surprendre mes connaissances. La comtesse
aimait ces sortes de plaisanteries, et ne pouvait d'ailleurs regarder celle-ci que comme
une étourderie de jeune fille, excusable par
mon peu d'usage du monde. Dans un cos-
tume grec tout blanc, enveloppée d'un long
voile, je descendis précipitamment au jardin
en entendant sonner six heures. Charles m'attendait déjà; il me conduisit, à travers les rues
les moins fréquentées, auprès d'une grande

porte où nous trouvâmes un carrosse; il m'aida à y monter et s'assit à côté de moi.

La nuit était fort obscure; je ne pouvais discerner aucun objet. Je lui racontai les précautions que j'avais été obligée de prendre pour que l'on ne s'aperçût pas de mon absence chez la comtesse. Il loua ma prudence, et dit d'une voix douce, comme pour rétablir le calme dans mon ame agitée : Enfin les grelots de la folie, qui étourdissent les hommes, et les empêchent si souvent d'entendre la voix de la vertu et de la nature, leur auront une fois été utiles.

Nous étions en chemin depuis une heure, et je commençais à ne pouvoir plus me défendre d'une affreuse anxiété. Charles parut s'en apercevoir tout de suite. Chère Demoiselle, chère Demoiselle, me dit-il, ne soyez pas en peine; nous allons arriver dans l'instant au terme de notre course. Ah! si je pouvais vous..... Il s'arrêta, sa voix tremblait; il prit ma main entre les siennes, la pressa contre ses lèvres, et je la sentis arrosée de ses larmes. Sa douleur m'affecta vivement; je ne m'en rendis que trop bien raison dans la suite.

Enfin, j'aperçus devant nous une grande maison fort éclairée; elle paraissait isolée au milieu de quelques petites dépendances. C'est ici que vous verrez votre mère, me dit Charles. Nous passâmes le long du mur d'un grand jardin, et le carrosse s'arrêta à une petite porte. Je faillis me trouver mal en descendant de voiture; l'approche du moment où j'allais goûter un bonheur inexprimable, la crainte de quelque événement inattendu, m'oppressaient jusqu'à m'ôter la respiration.

Mon innocence et mon inexpérience me cachaient heureusement les dangers que je pouvais courir.

Enfin, sentant l'impossibilité de reculer, je rassemblai toutes mes forces pour soutenir le mieux qu'il me serait possible les émotions qui m'attendaient.

La petite porte conduisait à un corridor long et étroit qu'éclairait faiblement la lueur d'une seule lampe. Charles ouvrit une porte et me dit d'entrer; je le fis, et me trouvai dans une chambre obscure où il m'enferma en me disant d'attendre. Au bout de quelques instans une autre porte placée vis-à-vis de moi s'ouvrit, et j'entendis une voix agréable qui criait: Viens, mon Agnès; ta mère t'attend avec impatience. J'entrai, et à la clarté douteuse d'une lampe qui brûlait dans le fond de la chambre, j'aperçus couchée sur un sopha une femme

qui me tendait les bras. O ma fille ! ma fille !
s'écria-t-elle, je te vois enfin.

Elle me pressa contre son sein en m'arrosant de ses larmes ; j'éprouvais la plus vive
émotion. Ah ! dit-elle après un court silence ;
qu'il m'a été cruel d'être si long-tems privée
de ma fille, de ne pouvoir lui donner d'autres
marques de ma tendresse que des soupirs et
des larmes inutiles ! Mais, graces au ciel, je
te possède enfin. A ces mots elle me serra de
nouveau contre son cœur, et fatiguée de tant
d'efforts, elle tomba presque évanouie sur le
sopha ; ses yeux se fermèrent, et lorsqu'ils se
r'ouvraient de tems en tems pour se fixer sur
moi, ses regards, où l'on voyait briller la
flamme de l'amour le plus tendre, exprimaient
tout ce que je lui inspirais avec une énergie
plus éloquente mille fois que la parole. Je
courus chercher sur la table de nuit des sels
qui s'y trouvaient, et je voulus approcher la
lampe. Ma fille, garde-toi de toucher à la
lumière, s'écria ma mère ; nous ne nous reverrions plus. Ces paroles incompréhensibles
me remplirent d'effroi. Je lui présentai les
sels, et après qu'elle en eut respiré quelque
tems, je me mis à ses pieds et j'essayai de la
calmer par une conversation plus tranquille.
Que je vous dois de reconnaissance, ma bonne

mère, lui dis-je, pour l'éducation que vous m'avez fait donner par le digne pasteur d'Hohenfels ! Il a élevé mon enfance avec la tendresse du meilleur des pères. Je le sais, mon Agnès, dit-elle en m'interrompant : que je serai heureuse s'il a su te préserver de cette funeste violence des passions, qui a fait le malheur de ta mère !

Ma chère fille, ma vie a été un tissu de maux et de traverses ; ma santé est détruite, et je ne suis que dans ma quarantième année ! Mais ma plus cruelle souffrance est de ne pouvoir te fixer le moment où il me sera permis de te reconnaître aux yeux du monde pour ma fille. Sois prudente, et nous pourrons nous voir souvent en secret ; la moindre indiscrétion nous priverait pour toujours de ce bonheur. Ta famille est telle que tu peux la desirer ; je te mettrai en état de prouver ton origine quand il te sera devenu nécessaire de la constater. Un jour je te raconterai mon histoire, et tu pleureras avec moi sur la fatalité des circonstances qui m'ont privée de la douceur de veiller moi-même à ton éducation. Ce porte-feuille contient vingt mille écus en billets de banque ; ce qui t'assurera une existence heureuse et indépendante, si, comme me le fait espérer l'éducation que tu as reçue,

tu sais te contenter d'un revenu médiocre. Je
lui demandai s'il m'était permis de faire part
au ministre d'Hohenfels, du bonheur que
j'éprouvais. Non, me dit-elle; il l'apprendra
incessamment. Elle me fit rendre compte de
l'instruction que j'en avais reçue, et elle parut
très-satisfaite de la marche qu'il avait suivie.
Je remercie la providence, me dit-elle, de
m'avoir forcée à t'éloigner d'un monde dans
lequel j'ai été si malheureuse : il est si rare,
si difficile d'y pouvoir cultiver et former l'esprit d'une manière profitable! Peut-être qu'au
lieu des principes et des idées qui t'appar-
tiennent aujourd'hui, tu serais devenue le
jouet des opinions frivoles qui entraînent et
qui égarent tant d'aimables naturels. Combien l'espérance de vivre un jour avec toi
comme avec la plus tendre amie, me ranime
et me donne de joie! Pour me consoler de
ce que ce moment n'est pas encore venu, j'ai
besoin de me répéter sans cesse que c'est pour
ton propre avantage qu'il faut le reculer. Ah!
ma tendre mère, m'écriai-je, ne serait-ce pas
le bonheur suprême pour moi que de vivre
avec vous, surtout à présent que je pourrais
espérer de vous procurer quelque soulage-
ment par mon amour et par mes soins? Qui
pourra veiller avec plus de tendresse sur vos

jours, que votre Agnès? Pensez-vous que je
puisse être tranquille éloignée de vous et dans
l'incertitude sur votre santé? Ah! cessez de
regarder comme un bien pour moi un pareil
tourment. Paix, paix, charmante enfant, me
dit-elle en mettant son doigt sur ma bouche,
paix; il faut que tu te soumettes aux précautions que me dicte notre intérêt mutuel. Ah!
puisque c'est pour vous, j'y consens, m'é-
criai-je douloureusement. Ma chère fille, me
dit ma mère, je te ferai savoir de mes nouvelles aussi souvent qu'il me sera possible.

Elle avait une de ces voix mélodieuses et
séduisantes qui arrivent toujours au cœur;
chaque sentiment qu'elle voulait exprimer lui
donnait une inflexion particulière; un mot,
un geste de sa part avait sa signification; elle
me parut pleine de sensibilité, de grâce et de
délicatesse; tout était en harmonie dans cet
ensemble délicieux.

Une couverture légère était jetée sur ses
pieds; le large déshabillé qui l'enveloppait, ne
m'empêcha pas de remarquer à la lueur de
la lampe, la noblesse et l'élégance de sa taille;
ses mains étaient fort blanches et très-bien
faites; une haute dentelle baissée sur son visage me le dérobait presque en entier; je ne
pouvais discerner que faiblement le reste de

ses traits, à cause de l'obscurité qui régnait
dans la chambre; mais il me semblait que je
la reconnaîtrais à l'instant, au milieu de mille
étrangers, au son seul de sa douce voix.

Dès que je m'aperçus qu'elle desirait que
je ne l'examinasse pas, je résistai à ma curiosité, et ne jetai plus sur elle que des regards furtifs. Tout en m'accablant de caresses
et en m'entretenant des espérances les plus
flatteuses sur l'avenir, ma mère ne me dit
pas un mot de sa situation particulière, et je
ne songeai à son silence, à cet égard, que lorsque je l'eus quittée. Elle me recommanda à
plusieurs reprises la plus grande circonspection. Ne montre à personne le porte-feuille
que je t'ai donné, me dit-elle; je te procurerai
bientôt une entrevue avec ton père d'Hohenfels, qui t'indiquera la meilleure manière de
placer ce capital. Ton séjour chez la comtesse
nous est utile, quant à présent; il pourra nous
fournir les moyens de nous voir quelquefois.
Une horloge sonna neuf heures : Ah ma fille!
s'écria ma mère, voilà l'instant de la séparation arrivé ! Cette heure délicieuse qui vient
de s'écouler, était le dédommagement de bien
des années passées dans les larmes; au moins
en ai-je joui dans toute sa pureté; j'ai goûté
pendant cet espace fortuné, tout le bonheur

auquel un cœur maternel peut prétendre. Qu'il
était doux pour moi d'avoir devant mes yeux
mon aimable fille dans la fleur de sa beauté et
de son innocence! J'espère que mon Agnès sera
heureuse, que la sagesse de son esprit préser-
vera son cœur des orages des passions : Dieu
veuille l'en garantir! Puisse-tu dès ta jeunesse
apprécier la mesure de nos forces et l'étendue
de nos devoirs ! Hélas ! je n'ai acquis cette
connaissance que par une expérience cruelle.
Dis-moi, ma fille, ton cœur connaît-il déjà
l'amour ? Dans ce moment Charles parut à
la porte par où j'étais entrée. Il faut partir,
s'écria ma mère, et l'émotion que m'avait
causée sa question, ajouta encore à la douleur
de la quitter. Elle me serra dans ses bras en
m'arrosant de ses pleurs, et parut se trouver
mal. Charles fut obligé de m'arracher d'auprès
d'elle ; je me plaignais amérement de la cruauté
qu'il y avait à m'obliger d'abandonner ma
mère dans cet état; mais elle me cria encore :
Va, mon enfant, nous n'avons point de tems
à perdre.

Charles tira la sonnette avant que de sortir,
et me dit d'être tranquille, que ma mère était
déjà entre les bras de ses femmes, qui lui étaient
tendrement attachées.

Nous nous entretînmes pendant notre retour, des moyens que nous emploierions pour nous voir dans la suite et pour me faire parvenir tous les jours des nouvelles de ma mère. Nous décidâmes que Charles s'introduirait chez la comtesse comme maître de dessin, et se procurerait ainsi la facilité de passer tous les jours une heure auprès de moi.

Mon cœur nageait dans la joie ; je me livrais aux rêves délicieux de mon imagination, qui me peignait l'avenir sous les couleurs les plus attrayantes ; en effet, ce jour fortuné venait de me donner presque tout ce qui faisait l'objet de mes vœux, la plus tendre des mères, un état et une fortune qui me fournissait les moyens de procurer à mon père d'Hohenfels une heureuse vieillesse. Divine providence, quelle est ta bonté, m'écriai-je en prenant la main de Charles, comme pour faire partager à une créature sensible le bonheur dont j'étais remplie !

Qu'il est satisfaisant, dit-il en me serrant la main, de voir une ame s'élever vers son créateur dans le vif sentiment de sa félicité ! La reconnaissance est certainement le premier hommage que rend à l'Éternel un esprit généreux : la gratitude pour les bienfaits de la Divinité est un devoir étroit pour toute ame sensible : dans l'affliction et le découragement, la prière s'offre à nous pour implorer un secours nécessaire à notre faiblesse ; mais, ajouta-t-il, tout en s'appuyant sur la bonté divine, il faut aussi savoir recourir à ses propres forces et les exercer dans le malheur.

Les nuages étaient dissipés, et les étoiles res- plendissaient par milliers sur la voûte azurée du ciel. Voyez, continua Charles, la nature entière semble prendre part à votre joie, et vous annoncer un avenir fortuné. Le bonheur des hommes ressemble à une vague de l'O- céan, qui roulant sans cesse, touche l'abîme après s'être élevée jusqu'aux cieux ; mais le souvenir consolateur de ces instans passagers se conserve dans l'âme de ceux qui ne les ont considérés que comme des avant-coureurs de l'éternelle félicité qui nous attend dans un meilleur monde.

Il fallut nous séparer, quoiqu'à regret, de- vant la salle de la comédie : le grand sens et la pieuse philosophie qui régnaient dans les dis- cours de Charles, joints à l'attachement qu'il me montrait, me faisaient trouver le plus grand charme à sa conversation. Je cherchai la porte du bal pour m'y glisser sans être aperçue parmi la foule des masques ; mais j'entrai par erreur dans un cabinet qui était séparé de la grande salle par quelques autres pièces ; précisément

à côté de la porte se trouvait une alcove à
moitié fermée par un rideau : j'y entendis en
entrant, deux personnes parler à voix basse;
l'une de ces voix me parut être celle de la comtesse; je m'arrêtai pour voir si je ne me trom-
pais pas, et si c'était elle, dans le dessein de
la surprendre, comme je l'avais projeté, par
mon arrivée inattendue; j'espérais effacer
ainsi toutes les traces de mon absence. Je restai quelques instans sans pouvoir éclaircir mes
doutes, les voix parlant toujours très-bas; je
m'approchais déjà de la porte qui conduisait
à la salle de bal, lorsque mes yeux étant tom-
bés sur une glace, j'y découvris les deux personnes qui causaient dans l'alcove, et je reconnus la comtesse et Nordheim.

Elle tenait ses mains dans les siennes et appuyait sa tête sur son bras; je ne pouvais pas
voir le visage de Nordheim, mais je n'en eus
pas besoin pour reconnaître à l'instant celui
qui régnait si puissamment dans mon ame. Il
est ici et ce n'est pas pour moi, me dis-je avec
douleur! Saisie d'inquiétude et de jalousie,
je ne pouvais m'arracher de cette place. Il
se leva enfin, et je ne m'étais pas trompée;
c'était bien lui. Sortons d'ici, ma chère amie,
dit-il en s'approchant de la porte. Nous ver-
rons-nous demain, lui dit la comtesse du ton

le plus tendre ? Je n'entendis pas la réponse.
Dans la plus grande agitation, j'entrai précipitamment dans la salle, et m'y jetai sur une
chaise : mon cœur battait avec tant de violence, qu'il me semblait à chaque instant qu'il
allait se briser. Mais quand je vis la comtesse
passer tout près de moi, appuyée sur le bras
de Nordheim, la frayeur d'être reconnue m'ôta
la respiration; je sentais qu'il m'aurait été impossible de leur parler.

Cette crainte augmenta encore mon angoisse; j'étais sur le point de me trouver mal;
et comme je ne voyais personne de connaissance autour de moi, je restais immobile sur
ma chaise, dans la situation la plus pénible.
Enfin j'aperçus Jules d'Albans, qui me parut
un bon génie envoyé à mon secours; il m'a-
vait reconnue et venait à moi; je le priai de
me conduire dans une pièce où je pusse respirer librement. Je me sentis soulagée quand
je n'entendis plus le bruit de la musique, mais
je n'étais pas assez bien pour rentrer dans la
foule, et surtout l'idée de rencontrer Nordheim me causait la plus grande frayeur. Je
priai Jules de me procurer un carrosse qui
pût me ramener à la maison; il me pressa de
me reposer encore quelques momens : ses tendres attentions, dans lesquelles son amour per-

çait d'une manière si délicate, me touchaient profondément, et dans un mouvement de reconnaissance je lui serrai la main. Adorable Agnès, s'écria-t-il, je renais au bonheur. C'était la première fois qu'il recevait de ma part une aussi grande marque d'affection; je la lui avais donnée sans y réfléchir, et je m'en repentis quand je vis le prix qu'il y attachait. Je le priai de nouveau d'aller me chercher une voiture, et il y courut.

Avec cette imprudence si naturelle à une jeune fille élevée à la campagne, qui ne se forme aucune idée des mœurs du grand monde, je fermai à clef les portes de la chambre où je me trouvais, pour y rester seule, et j'ouvris une fenêtre pour y respirer le grand air en attendant le retour de Jules. Plusieurs personnes essayèrent d'entrer, et s'éloignèrent après quelques tentatives inutiles, avec des ris immodérés.

Jules ne tarda pas à revenir : le récit que je lui fis de ce qui s'était passé en son absence, parut lui faire de la peine et lui causer de l'embarras. Je le chargeai de dire à la comtesse que j'avais été au bal, mais qu'une indisposition subite m'avait empêchée d'y rester. Nous étions à peine sortis de cette chambre et nous traversions un corridor étroit, lorsque

lorsque je vis Nordheim qui venait au devant
de nous ; il était impossible de l'éviter ; j'a-
vais négligé de reprendre mon masque, parce
que Jules m'avait dit qu'il me ferait passer
par un escalier dérobé, où nous ne serions
vus de personne. Cette rencontre si inattendue me causa une telle émotion, que j'aurais
eu de la peine à avancer sans le secours du
bras de Jules. Par quel hasard vous trouvai-je
ici, me dit M. de Nordheim avec douceur, et
en regardant Jules du haut en bas ? Ma voix
tremblait, et je ne pus que balbutier quelques
mots sans suite : Je voulais surprendre la comtesse..... Je ne me suis pas trouvée bien.....
M. d'Albans a la bonté de me reconduire à
mon carrosse. Un regard que je jetai sur Jules rendit ma situation encore plus pénible.
Son visage était couvert de rougeur ; il bais-
sait les yeux, et je sentis qu'il partageait ma
peine. Je ne veux pas vous arrêter plus long-
tems, dit Nordheim, et il nous quitta en me
saluant profondément.

Imprudent que je suis, qu'ai-je fait ? s'é-
cria Jules dès que nous fûmes seuls. Ce ne fut
qu'au bout de quelques semaines que j'appris
par Élise le sens de cette exclamation singulière, sur laquelle Jules ne voulut me donner
alors aucune explication. Dans le trouble que

*I. Partie.* G

lui avait causé mon indisposition, il m'avait conduite inconsidérément dans un lieu que la jeune noblesse avait mis en mauvaise réputation. Les manières de Nordheim et ses regards curieux lui rappelèrent tout de suite la faute qu'il avait faite, et que mon étourderie de fermer la porte avait encore aggravée. Il voulut m'épargner cette fâcheuse découverte, et se promit de donner à Nordheim, avec lequel il se proposait de se lier, les éclaircissemens nécessaires.

Je priai Jules de me quitter en arrivant au carrosse : j'avais besoin de me trouver seule : la force des impressions opposées que j'avais reçues dans cette nuit douce et cruelle, avait fatigué mes esprits. Mon sommeil fut très-agité par les songes que produisirent les scènes de la veille, avec les combinaisons les plus bizarres. Les premiers rayons du soleil me rendirent à l'agréable réalité; la pensée de ma mère, un regard sur ma situation devenue tout d'un coup si riante, les espérances de l'avenir, calmèrent un peu mon cœur sur les inquiétudes que lui donnait la conduite de Nordheim. Mais que fais-je ici, me dis-je? que fais-je dans cette maison, si j'ai perdu son cœur? Pourquoi ai-je accordé trop de confiance au babil de Rose? et n'aurais-je pas dû

bien plutôt en croire le silence significatif de
mon père ? Oui, il aime cette Amélie..... Ne
m'en avertissait-il pas assez, ce nom fatal qui,
dès les premiers instans où je le vis, com-
prima mon trop sensible cœur. A peine étais-
je levée, que la comtesse vint me voir dans un
déshabillé d'une élégance extraordinaire ; un
air de fête était répandu sur toute sa personne; ses mouvemens étaient plus légers, et
le son de sa voix plus doux encore que de
coutume ; ses baisers paraissaient voler au
devant de moi.

Après m'avoir questionnée avec intérêt sur
mon indisposition, dont Jules l'avait infor-
mée, elle me demanda si, sans me déranger,
on pourrait apporter le déjeûner dans ma
chambre ; mais il faut que vous fassiez une
petite toilette, me cria-t-elle en sortant, car
je vous amènerai un étranger (si vous le permettez cependant); et elle disparut sans attendre ma réponse. Cette permission demandée
me parut une sorte de raillerie qui me déplut;
mais depuis que j'avais quitté la maison de
mon père, j'avais appris à maîtriser mes premiers mouvemens; je ne tardai pas à me remettre et à recueillir toutes mes forces, dans
la pensée que cet étranger pourrait bien être
le baron de Nordheim, maintenant à mes yeux

le bien-aimé d'Amélie. Je ne m'habillerai pas,
me dis-je dans un mouvement d'humeur ; je
veux faire voir que je ne prétends pas riva-
liser avec Amélie sur les avantages du goût
ni de la figure. Un mouchoir de gaze bleue
noua négligemment mes cheveux, et je cou-
vris d'un schall ma robe du matin ; il faut
avouer cependant que je le plaçai de manière
à ce qu'il dessinât ma taille avantageusement.
Je me proposai d'être froide quoique polie ;
mais j'eus à peine reçu le salut affectueux
de Nordheim, que je résolus d'être franche et
sans apprêt, et je perdis toute ma gêne lorsqu'il m'eut demandé avec intérêt des nouvelles de mon père. L'on aurait dit qu'il avait
tout-à-fait oublié la rencontre de la veille.
Je parlai beaucoup, et la comtesse ne semblait plus jouer que le rôle de confidente ;
elle me fournissait l'occasion de développer
mes idées de la manière la plus avantageuse,
et elle tenait le fil de la conversation avec tant
d'art, que toutes mes connaissances s'y pla-
çaient naturellement. Savez-vous bien, Nordheim, dit-elle dans un moment de silence,
que nous nous connaissons encore fort peu,
cette chère petite et moi : le monde m'obsède
au point de nous avoir, je crois, empêché
jusqu'ici de passer deux heures de suite en-

semble; aussi la pensée de me retirer de ce cercle éternel d'assemblées, de cette sujétion d'étiquette et de jeu, me cause cette espèce de joie qu'éprouve un enfant lorsqu'il voit arriver le moment où il sortira de l'école pour jouir en plein air de toute sa liberté. Je dois avouer, continua-t-elle, que sans le desir de vous être utile, je n'aurais jamais supporté tant d'ennui. Je ne puis assez vous remercier de ce généreux dévouement, répondit Nordheim : maintenant, graces à vous, je ne suis plus étranger ici; les soins que vous avez bien voulu prendre, me permettent d'atteindre le but intéressant que j'avais de faire goûter au prince héréditaire le séjour de sa capitale ; votre commerce a donné au ton général de la société une teinte moderne, dont elle avait besoin, et le prince la trouvera moins différente de celle de B..... qui avait tant d'attraits pour lui.

Je desire que son attachement pour son pays soit fortifié par des impressions agréables et journalières; je n'ai pas cherché la confiance du prince, mais puisqu'il me l'accorde, je veux la mériter, et ne rien négliger pour être utile à ma patrie, en servant ses intérêts. Vos observations sur la société de D..... décèlent tant de finesse, de délicatesse et de jugement; elles ont tant de vérité, que je vous demanderai la permission de les communiquer à votre jeune amie, comme un modèle dans ce genre.

Votre esprit s'y montre aussi éloigné de ce penchant à la raillerie ( fruit ordinaire d'un amour-propre habile à saisir les ridicules et à ne remarquer que le mal ), que du défaut de pénétration qui s'en laisse imposer par l'apparence.

La perfection de votre tact vous fait toujours discerner la vérité, sous quelque forme qu'elle paraisse, et cependant dans leur conduite sociale, dans les heures de représentation, les hommes voilent aisément leurs véritables sentimens, et ce qui est important, c'est de démêler le fond de leur caractère, de savoir si la sensibilité ou l'égoïsme emporte la balance dans la totalité de leur conduite. J'ai appris avec beaucoup de satisfaction, que vous avez trouvé à D..... dans le nombre des personnes propres à l'administration des affaires, des hommes de mérite ; je serai doublement attentif à les observer pour diriger le prince dans les choix qu'il sera nécessairement appelé à faire dans la suite.

Vous m'avez parlé avantageusement des jeunes d'Albans. Ils me paraissent des hom-

mes tout-à-fait distingués , répondit la comtesse , et j'ai vu avec plaisir mon Agnès se lier
avec eux. Quelle opinion en avez-vous , ma
chère amie , me demanda-t-elle ? Comme vous
êtes plus à même d'en juger que moi, dites-
nous auquel des deux frères vous croyez le
plus de mérite et de moyens. Quant au caractère , répondis-je, je les trouve également
estimables ; ils ont tous les deux les meilleurs
principes. Je ne hasarderai pas de décider sur
leurs talens : il me semble seulement que le
coup-d'œil de l'aîné est plus sûr , et celui du
cadet plus rapide. Les vues de l'un sont moins
étendues , mais en même tems plus sages ;
celles de l'autre, plus brillantes et plus séduisantes, manquent souvent de justesse ; mais
il respecte par-dessus tout la vérité , et il est
toujours disposé à lui faire céder ses opinions
particulières. Au reste , ajoutai-je , je ne puis
les juger avec impartialité , étant plus liée avec
Jules qu'avec son frère.

J'avais dit tout cela avec la plus grande
franchise, et j'allais continuer l'éloge de Jules avec tout l'intérêt que m'inspirait mon
amitié pour lui, sans songer que Nordheim
pourrait se méprendre sur la nature de mes
sentimens, lorsqu'un regard de la comtesse
me mit dans un tel embarras, que j'hésitai et

devins rouge comme le feu ; enfin, je cherchai à me remettre, et je continuai à dire
d'une voix mal assurée, que Jules me paraissait destiné par la grande activité de son esprit et par la noblesse de son cœur, à parcourir une carrière utile et glorieuse. Nordheim
m'écoutait les yeux baissés, et ne les levait de
tems en tems que pour me regarder. Quand
j'eus fini de parler, il ne répondit rien et
changea de conversation ; il me pria de lui
montrer mes dessins. Il fut étonné de voir que
j'eusse entiérement abandonné le genre du paysage pour celui du portrait, et il m'en demanda
la raison ; je lui répondis sans détour, que je
n'avais choisi ce genre qu'à cause du peu de
fortune de mon père.

O chère Agnès ! s'écria-t-il en appuyant sa
main sur mon bras, comme s'il eût voulu
repousser cette pensée. Je sentis que la seule
délicatesse l'empêchait de me renouveler la
généreuse promesse qu'il avait déjà faite à
mon père ; j'étais pénétrée de reconnaissance,
et je saisis cette occasion pour témoigner à la
comtesse celle que m'inspirait sa propre conduite. Je sens, dis-je, aux soins généreux que
l'on prend ici de prévenir tous mes souhaits,
que je pourrais être sans inquiétude sur l'a-
venir ; mais je regarde comme un devoir, de

me mettre en état de subvenir moi-même à
mes besoins, et de laisser profiter de ces bienfaits des personnes véritablement sans ressources. Chère enfant, ne me parle pas ainsi,
s'écria la comtesse, et elle me pressa dans ses
bras. C'était la première fois que je voyais
en elle l'expression d'une vive amitié. Qu'elle
me parut aimable ! Après qu'elle m'eût embrassée, des larmes brillaient dans ses yeux,
et elle souriait en même tems avec une grâce
infinie. Cette chère petite est un peu volon-
taire, Nordheim, dit-elle ; croirez-vous qu'elle
me permet à peine de me mêler de sa garde-
robe ? Elle aime mieux perdre un tems précieux à donner une forme nouvelle à un
vieux chiffon, que de me laisser y employer
un ou deux ducats. Oh ! nous avons eu déjà
plusieurs contestations à ce sujet.

Nordheim examinait beaucoup ma chambre, et s'arrêta long-tems devant mes tablettes
de livres. Il prit mon Homère grec, dans lequel se trouvaient quelques feuilles de mes
traductions. Me le permettez-vous, me dit-il
en l'ouvrant ? Je répondis avec une sorte
d'embarras, que c'était un travail que j'avais
fait à Hohenfels avec le secours de mon père.
Je suis charmé, me dit-il, que vous cultiviez
la langue grecque ; j'espère que vous ne me

regardez pas comme un des partisans de l'i-
gnorance chez les femmes; j'ai toujours été
affligé du préjugé qui les prive de la connaissance de la belle littérature ancienne. La comtesse me pria de montrer à Nordheim son
portrait que j'avais commencé ; j'allai le
prendre dans une chambre voisine ; en revenant, j'entendis Nordheim qui disait : Non,
c'est impossible, avec tant de candeur et de
jugement. Ces mots demeurèrent une énigme
pour moi, jusqu'à l'éclaircissement qu'Élise
me donna dans la suite de la malheureuse aventure du bal, qui m'en expliqua le sens.

Élise vint s'informer de ma santé, et parla
de la manière la plus naturelle de mon indisposition de la veille. Nordheim était tout à notre
conversation, tandis qu'il ne paraissait occupé
que du portrait. Mais n'est-il pas vrai, mademoiselle Élise, dit la comtesse en riant, que
nous ne devons plus la perdre de vue? Dis-
nous donc, petite colombe, continua-t-elle
en s'adressant à moi, comment tu fis pour te
perdre parmi cette foule d'hommes? J'avais
déjà sur les lèvres une réponse qui m'aurait
tirée d'embarras par une plaisanterie, lorsque
je rencontrai les yeux de Nordheim, où je
lus tant d'inquiétude et de curiosité, que je
n'eus plus la force de parler : il me fut im-

possible de dire un seul mot dans la crainte d'augmenter sa peine. Ma respiration était oppressée et des larmes roulaient dans mes yeux.

Élise, qui crut que j'avais trouvé une espèce de reproche dans les paroles de la comtesse, chercha à venir à mon secours. Faites-moi la gouvernante de notre Agnès, Madame, lui dit-elle, pour tout ce qui concerne l'étiquette; je serai glorieuse de cet emploi. J'eus le courage de lever les yeux : Nordheim me regardait d'un air très-sérieux.

Je crains, ma chère amie, dis-je à Élise, que vous ne soyez bien mécontente de votre écolière; je sens que je ne suis pas faite pour la vie du grand monde, et l'heureuse liberté que j'ai goûtée dans mon enfance à Hohenfels, me rendra toujours très-difficile la connaissance des usages cérémoniels et gênans de la société.

Vous mettez à ce badinage trop de gravité, ma chère Agnès, dit la comtesse. Voulez-vous faire une promenade, reprit Nordheim ? Le grand air et l'exercice vous feront du bien. Élise devait dîner en ville et ne put pas nous accompagner. La comtesse et moi nous acceptâmes la proposition avec plaisir.

Nous partîmes vers midi : Nordheim nous

avait précédé à cheval ; il faisait un tems su-
perbe , et mes yeux parcouraient avidement
tout le cercle de l'horizon pour tâcher de découvrir quelque trace de la maison où j'avais
goûté la veille un bonheur si pur. Ce fut en
vain ; les environs étaient si richement par-
semés de maisons de campagne et coupés par
tant de chemins, qu'il me fut impossible de
reconnaître celui que j'avais suivi.

Nous rejoignîmes Nordheim dans un bois
majestueux de sapins que la route traversait ;
il montait avec beaucoup d'adresse un cheval
très-vif, et se retournait souvent pour nous
regarder. Ma chère Agnès , me dit la comtesse , vîtes-vous jamais tant de grâces réu-
nies à tant de noblesse , et peut-on rencontrer un accord plus parfait entre l'ame et les
traits? Je ne répondis rien, mais mon cœur
éprouvait les mêmes impressions ; elle le sentit et tomba dans une profonde rêverie.

Nous sortîmes enfin de l'épaisseur du bois,
et nous découvrîmes le plus charmant paysage. Du côté de l'orient s'étendait une vaste
plaine , à travers laquelle serpentait une belle
rivière qui finissait par se perdre entre deux
montagnes , où elle formait les sites les plus
pittoresques ; des rochers menaçans étaient
suspendus sur le miroir des eaux , où ils se

réfléchissaient du côté de la prairie qui couvrait l'autre bord. Ce rivage charmant était parsemé de jolies habitations. Sur l'un des rochers s'élevait un château qui conservait encore un caractère imposant de force et de grandeur.

Où nous conduisez-vous, Nordheim? s'écria la comtesse. Ce château ne vous appartient-il pas? Oui, répondit-il, et j'espère que vous me ferez la grace d'y agréer le petit dîner que je puis vous y offrir. Nous trouvâmes cet endroit si agréable, que pour mieux en jouir, nous résolûmes de descendre de voiture.

Le frais gazon sur lequel nous marchions, était arrosé par une foule de petits ruisseaux qui descendaient des rochers; les arbrisseaux commençaient à se feuiller, et l'aube-épine était couverte de fleurs. La main de l'art ne se faisait remarquer, dans ce charmant vallon, que par la propreté des petits sentiers qui le traversaient; du reste, la nature avait seule pris le soin de l'embellir. Nous passâmes devant quelques jolies maisons qui étaient entourées de vergers et de jardins potagers. Dans l'un de ces enclos, un vieillard vénérable était occupé à arranger des espaliers; dans un autre, une culture différente appelait l'influence féconde d'un soleil plus constant: l'on y voyait la vigne se marier en festons aux arbres fruitiers.

Le vieillard nous salua, et continua son travail ; un jeune garçon et une jeune fille sortirent de l'une de ces petites maisons, et vinrent au devant de nous en courant. Ils paraissaient âgés de quatorze à seize ans. Tous deux étaient d'une charmante figure : leurs yeux noirs et pleins de feu, leurs cheveux d'une couleur foncée, le coloris animé de leurs joues et leurs gestes expressifs leur donnaient un air étranger à notre climat. Attendez un instant, cria le petit garçon à Nordheim en italien : ma sœur va vous apporter des violettes. La jeune fille s'approcha en s'efforçant de prendre un air posé, et la vivacité naturelle de ses mouvemens qu'elle cherchait en vain à modérer, répandait une grâce charmante sur toute sa personne. Elle donna un bouquet de violettes à Nordheim en le saluant avec un air de plaisir, et retourna tout de suite sur ses pas en sautant ; elle cria, en s'éloignant, qu'elle allait aussi chercher des fleurs pour ces dames. Non, j'y vais, moi, s'écria le petit garçon, et il courut après elle. A moitié chemin il se retourna pour demander à Nordheim s'il voulait qu'il apportât sa flûte et sa sœur sa guittare pour faire de la musique ? Remettons ce plaisir à notre arrivée à la maison, mon cher Baptiste : ces Dames sont fatiguées, dit Nordheim, quoique la comtesse le priât de ne pas attrister ces enfans par un refus. Lorsqu'ils se furent éloignés, Nordheim nous dit qu'il avait refusé la demande de Baptiste à cause de sa mère, qui, étant livrée à une grande mélancolie, fuyait la vue de tout étranger, ou du moins ne la supportait qu'avec beaucoup de peine. La petite se hâtait de revenir avec ses bouquets; Baptiste lui en prit un, et me le donna en souriant, pendant que sa sœur donnait l'autre à la comtesse. Quand ils nous quittèrent, Nordheim tendit sa main à la petite, qui la pressa vivement contre ses lèvres. Nous ne vîmes leur mère qu'un instant au travers de la fenêtre; elle avait une figure pleine d'expression et de noblesse, sur laquelle on distinguait les restes d'une grande beauté. Vous peuplez votre jardin anglais d'êtres animés, dit la comtesse, et c'est véritablement plus intéressant que ces hermitages que l'on trouve partout, et que ces chaumières désertes qu'un homme sensible ne peut voir sans se dire : Des indigens deviendraient heureux s'ils habitaient ici.

Il y a peut-être plus de hasard que de dessein de ma part dans cet établissement, ré-

pondit Nordheim en riant. Lorsqu'un heureux destin nous protège , il nous offre un
devoir à remplir au moment où nous nous
proposions de faire une folie. Le plan était
déjà fait pour enfermer ce vallon dans un
parc ; l'une de ces maisons devait devenir
une chapelle gothique , et l'autre un temple
grec. Un ami avec lequel je vivais depuis plusieurs années dans la plus grande intimité ,
vint à mourir , et me chargea , à son lit de
mort , d'une chanteuse italienne, qu'il avait
aimée , et qui avait perdu sa voix ( la plus
belle du monde ) dans une maladie à la suite
de la naissance de son fils. Elle se trouvait ,
ainsi que ses deux enfans , sans moyen d'existence par la mort de mon ami ; je fis changer
ma chapelle gothique en une habitation commode , et je les y logeai. Cependant les enfans
grandirent , et je sentis qu'il fallait leur donner un talent ; j'étais fort embarrassé de leur
éducation , d'autant plus que je répugnais à
les séparer de leur mère , lorsqu'un ancien
précepteur qui m'avait rendu un service
important dans ma jeunesse , et qui se trouvait sans ressource après une vie également
laborieuse et infructueuse , vint un jour me
demander un asyle. Il possède à fond les connaissances nécessaires, et il a une bonne manière

nière de les communiquer. Il faut qu'il habite
ton temple grec, me dis-je tout de suite; je lui
assurai un petit revenu annuel, qu'il accepta
avec plaisir, avec lequel il vit fort heureux
et dans la plus grande indépendance. Il aime
beaucoup les enfans, et il s'applique avec zèle
à leur éducation; j'ai du plaisir à voir ce petit
cercle à la fois animé et tranquille; quand je
suis ici, je passe souvent au milieu d'eux de
charmantes soirées. Un chemin commode,
planté d'arbres, nous conduisit au sommet
de la hauteur, jusqu'à un pont-levis. On
avait embelli le rocher d'une manière aussi
ingénieuse qu'agréable; il n'était tout-à-fait
nu que du côté de la rivière, sur laquelle
étaient suspendus ses flancs bruns et humides, d'où sortaient des touffes de scolopen-
dres et de capillaires, sans cesse balancées
par les vents. Nous passâmes le pont-levis,
et nous entrâmes dans la cour spacieuse du
château. Les grandes portes étaient garnies
d'armoiries, et tous les ornemens étaient sculp-
tés dans les murs, d'après le goût ancien, et
fort bien conservés. Je me suis gardé, dit
Nordheim, de dégrader le caractère antique
de ce bâtiment, en y mêlant la petitesse du
genre moderne. Je trouve un charme inexprimable à réfléchir sous ces voûtes majes-

*I. Partie.*                                    H

tueuses. J'aime à quitter un monde faux et léger, pour venir habiter ces murs imposans et silencieux. Nous entrâmes dans une grande salle, dont la parure principale consistait en une suite de tableaux de famille, de grandeur naturelle, faits presque tous par de bons artistes. Toutes les figures vénérables de cette collection exprimaient principalement la force et le courage. Leurs armes et leurs titres étaient à leurs pieds. On voyait que tous ces gentils-hommes avaient été revêtus de charges importantes dans les cours des principaux princes de l'Allemagne, jusqu'à l'aïeul et au père de Nordheim, qui n'annonçaient aucuns titres. La comtesse le remarqua, et Nordheim lui dit en souriant : Vous voyez que les talens qui font réussir auprès des princes, s'éteignirent alors dans notre famille, ou que les usages changèrent et demandèrent un autre mérite que celui dont nous pouvions hériter de nos vertueux ancêtres. Qu'auraient fait les anciens chevaliers, si fiers et si généreux, à côté de nos courtisans actuels ? D'ailleurs, ces braves guerriers méprisaient l'oisiveté des cours. Mon grand-père aperçut la tournure que prenaient les esprits, et il se retira dans ses terres après qu'il eut terminé ses voyages : il racheta ces deux villages que vous voyez là-bas au

bord de la rivière. Ils avaient appartenu long-
tems à notre famille ; mais les derniers pos-
sesseurs les avaient aliénés, préférant dans les
villes le rang d'esclaves privilégiés. Mon grand-
père gérait ses affaires avec beaucoup de jugement; il était le père de ses vassaux, et par
sa persévérance il vint à bout d'assurer à ses
descendans une fortune indépendante. Il avait
un grand penchant à la magnificence, dont il
avait pris l'habitude dans les capitales qu'il
avait habitées ; mais il subordonna tous ses
goûts au principe d'une sage économie. Il vivait dans l'aisance, mais avec beaucoup de
simplicité, et il bannissait tout le luxe qui ne
tient qu'à l'opinion, et qui ne procure aucune jouissance réelle. Si sa table était ouverte à ses amis, l'on n'y voyait jamais régner
le superflu ; les étrangers recherchaient sa
maison, parce qu'il s'était délivré de la gêne
d'une vaine étiquette. Il était naturellement
gai, et d'une grande égalité d'humeur ; je me
souviens encore qu'étant enfant, je me sentais libre et content lorsque j'étais chez lui,
comme un oiseau qu'on a laissé sortir de sa
cage. Mon père a vécu dans les mêmes principes que mon aïeul ; il demeurait seulement
quelquefois à S....., parce qu'il était lié
d'amitié avec le prince. Et faudrait-il , mon

cher ami, qu'une race aussi florissante et
aussi respectable vînt à s'éteindre, dit la comtesse en mettant la main sur le bras de Nordheim? Si un fils digne d'elle, continua-t-
elle.....; sa voix trembla et s'éteignit; elle
parut dans une émotion singulière, devint
rouge, et des larmes roulèrent dans ses yeux.
Les regards de Nordheim tombèrent alors sur
moi, comme au moment où il avait dit à mon
père à Hohenfels : Il ne me manque qu'une
seule chose, et vous pouvez peut-être me la
donner. Il prit la main de la comtesse et la
mienne, en disant : Abandonnons cela à l'avenir, mes chères amies. L'émotion de la comtesse augmentait toujours, et Nordheim me
conduisit à l'autre bout de la salle, à dessein
de lui donner le tems de se remettre. Il faut,
dit-il, que notre Agnès fasse aussi connaissance avec les femmes de mes ancêtres. Ne
voit-on pas percer, continua-t-il, à travers
leurs traits la douceur et la tranquillité de
leur ame, accoutumée à se circonscrire dans
un cercle peu étendu? Les fleurs qu'elles ar-
rangent, ou l'anneau nuptial qu'elles portent
à leur doigt et qu'elles regardent, paraissent
de préférence attirer leurs pensées; on voit
que le doux sentiment de leurs devoirs les
occupait tout entières.

Ma grand'mère a déjà un air plus distrait, mais on lit sur son front la noblesse de ses sentimens ; c'était une femme d'un bien rare mérite, qui pendant l'absence de mon grand-père, gouverna ses biens pendant plusieurs années de suite avec beaucoup d'habileté et de sagesse. Ma mère manque ici ; elle est dans mon cabinet, parce que j'aime à vivre continuellement sous ses yeux. Elle réunissait à tout l'attrait comme à toutes les vertus de son sexe, ce que nous appelons orgueilleusement un esprit mâle, dont elle donna plus d'une preuve pour le bien de sa famille.

Lorsque la capacité d'une femme, continua-t-il, se développe dans des circonstances difficiles, elle mérite notre respect et je puis dire notre admiration ; cet hommage est d'autant plus mérité, qu'il est posé en principe que nous avons sur les femmes des avantages positifs ; quand elles nous égalent ou nous surpassent, elles ont à triompher de plusieurs obstacles naturels ; il faut de leur part des efforts renaissans et une volonté constante, associés aux plus heureux dons de la nature, tandis que notre éducation, les affaires auxquelles nous sommes appelés de bonne heure et la force de nos organes nous favorisent également. Il est vrai, ajouta-t-il, que cette classe de femmes est peu commune ; quelques-unes seulement résistent à l'influence de leur première éducation, l'ignorance et la faiblesse sont le partage du plus grand nombre ; elles en recueillent des fruits amers pendant tout le cours de leur vie; mais nous sommes souvent ceux qui en souffrent le plus. La ruine des familles a dépendu plus d'une fois de l'inconsidération d'une seule femme. Au reste, n'en sommes-nous point nous-mêmes les causes principales, continua-t-il ?

Nous redoutons si fort par orgueil, de rencontrer dans nos épouses et dans nos mères un jugement supérieur, de la force et de l'énergie, que nous nous plaisons à circonscrire leur esprit dans les plus étroites limites.

Nous faisons passer avant tout la flexibilité du caractère et les avantages de la douceur ; nous les citons sans cesse, et leur donnons hautement la préférence sans autre examen. La nature opprimée se venge, et nous sommes punis comme nous le méritons.

L'opiniâtreté, les caprices, la pusillanimité en sont les suites nécessaires ; heureux encore lorsque l'élan de grandes et nobles facultés trop long-tems réprimées ne fournit pas, en dégénérant, des armes dangereuses à la coquetterie, à la fausseté, et ne sert pas à creuser notre déshonneur !

Ce n'est pas cependant que je m'excepte des partisans de ces qualités distinctives et comme inhérentes aux femmes, destinées par la nature à devenir leur plus bel ornement, et seules capables de pénétrer dans notre cœur.

Mais quelle puissance ne reçoivent-elles pas de l'heureuse association des qualités dont nous avons parlé?

Oh! combien la véritable douceur, qui répand un baume bienfaisant sur toutes les situations de la vie, est méconnaissable dans sa fausse imitation! Heureux qui la possède dans toute sa pureté, plus heureux encore celui qui en jouit! D'elle seule nous pouvons attendre le support si nécessaire à nos imperfections; par elle seule nous pouvons être modifiés et ramenés dans le sentier de la raison : une bonté passive, au contraire, l'habitude de l'asservissement, la ruse d'un esprit adroit à nous complaire, n'opposent, il est vrai, aucun frein à nos emportemens, mais achèvent de nous dégrader. Pardon, ajouta-t-il, de la gravité de ces observations; mais le sujet qui m'animait, me fera trouver grace auprès de vous.

La comtesse se rapprocha de nous, et desira de parcourir les autres appartemens. Aux deux extrêmités de la grande salle se trouvaient deux tourelles, dont on avait tiré parti à peu de frais; l'une servait de sallon de compagnie, et l'on avait fait de l'autre une bibliothèque. De cette dernière on entrait dans une enfilade de pièces fort élégantes, où se trouvaient une collection d'excellentes gravures et des tableaux en petit nombre, il est vrai, mais des premiers maîtres. Nous entrâmes enfin dans une belle rotonde qui recevait le jour d'en haut, et où l'on avait rassemblé les modèles des meilleurs antiques. Ce fut là que je vis pour la première fois ces ouvrages immortels du génie.

Après le dîner, en nous promenant dans les jardins, la comtesse vantait l'agrément de cette habitation; Nordheim nous dit : Mes chères amies, je vous ai fait une supercherie en vous invitant ce matin à venir vous promener ici; j'avais de plus hautes prétentions; vous êtes mes prisonnières, ajouta-t-il; je vous enlève à la ville pour quelques jours: vos femmes arriveront ce soir, dit-il en se tournant du côté de la comtesse; et en me regardant, il ajouta : Nous aurons compagnie. J'espère, répondit la comtesse, qu'Agnès ne

vous en voudra pas plus que moi, à qui vous
rendez un double service, par le plaisir et
le repos que vous me procurez : vous étiez
bien sûr, Nordheim, de me causer une agréable surprise.

Mademoiselle de R.... arriva dans la soirée
avec sa tante et les deux d'Albans ; Nordheim les avait invités. Jules me salua avec
son empressement ordinaire ; mais un regard
de Nordheim qui tomba sur nous, me fit trouver quelque chose d'un peu trop familier dans
ses manières ; par reconnaissance pour les attentions qu'il avait eues la veille, je m'efforçai
de lui montrer la même amitié qu'à l'ordinaire. J'aperçus avec douleur que Nordheim
cherchait à nous réunir, Jules et moi, dans
toutes les occasions, comme deux amans dont
les sentimens sont connus de tout le monde.
Il causa beaucoup avec Jules, et parut très-
satisfait de l'étendue de ses connaissances et de
la tournure originale et spirituelle qu'il savait
donner à tout ce qu'il disait. Nous passâmes
la plus grande partie de la soirée dans la rotonde qui renfermait la collection d'antiques :
la vue de ces chefs-d'œuvre, en excitant notre admiration, animait et élevait tous nos
sentimens ; notre imagination nous peignait
avec délices la jouissance des beaux-arts, et

nous faisait vivement regretter le beau siècle qui les avait vus dans leur gloire, et qui ne reviendrait plus, au moins pour nous.

Quand il fallut se retirer, Nordheim me conduisit à mon appartement. Jamais la vivacité de son esprit n'avait mieux brillé dans toute sa personne, et en même tems ce calme, heureux effet du contentement de l'ame, s'y faisait particuliérement sentir. Que nous sommes fortunés, dit-il lorsque nous fûmes arrivés à la porte de ma chambre, quand nous rencontrons sur la terre un de ces êtres privilégiés qui, par une céleste harmonie, nous présente la vivante image de ce beau idéal qui ravit toute ame sensible, et avec lequel, durant toute la vie, l'esprit peut parcourir tout ce qui est fait pour ajouter à ses connaissances et à ses plaisirs ! Quelque forme que le sort puisse donner à notre liaison, ajouta-t-il en me prenant la main, elle aura toujours embelli mon existence. Aucune parole ne s'offrit à moi pour lui répondre ; mon cœur absorbait toutes mes facultés. Élise arrivait, et il nous souhaita une bonne nuit. Quel heureux avenir nous attend, me dit Élise quand nous fûmes seules dans ma chambre ! J'espère plus que jamais voir mon Agnès entrer dans ma famille,

et ne plus me séparer d'elle. Jules est dans
le ravissement depuis hier. Croyez-moi, son
amour est aussi vrai que tendre : vous serez
heureuse avec lui, et nous le serons tous par
vous. Je serais de votre avis, chère Élise,
si je pouvais aimer Jules comme il le mérite,
répondis-je. Nous nous en sommes souvent
entretenus, reprit-elle après avoir réfléchi
quelques instans. Votre indifférence pour
l'amour nous a paru un phénomène dans un
cœur aussi aimant que le vôtre; mais Jules
suppose que vous êtes d'une nature trop rele-
vée pour connaître cette passion, et il ajoute
que ce calme de votre esprit, qui ne pro-
vient pas d'un défaut de chaleur dans l'ame,
prend sa source dans sa supériorité, et qu'il
serait propre à augmenter plutôt son bonheur, qu'à le diminuer. Je crois de plus, ajouta-t-elle en riant, que le dragon de la jalousie veillerait soigneusement sur ces heureux fruits de la sagesse. Je ne vous com-
prends pas, Élise, lui dis-je. Je connais le
cœur de mon Agnès, reprit-elle, et je sais
qu'elle serait incapable de tromper l'amour
et la confiance de son époux; je suis sûre
que vous feriez le bonheur de Jules. C'est
une plaisanterie, qui a donné lieu à ce que
je viens de vous dire. Jules a été tout effrayé

pendant la soirée, des attentions que Nordheim avait pour vous. Il a répondu à son frère et à moi, lorsque nous le lui avons reproché en badinant, que c'était un rival dangereux, ou que plutôt il n'y avait point de parité avec un homme tel que lui. D'Albans a rassuré Jules, en lui rappelant les liaisons connues de Nordheim et de la comtesse. Et lesquelles, demandai-je en m'efforçant de prendre un air tranquille?

L'on dit dans le monde qu'ils sont mariés en secret. Il est vrai que le monde se trompe bien souvent; mais comme la comtesse est veuve depuis dix ans, et que depuis la mort de son mari elle a toujours vécu dans la plus étroite intimité avec Nordheim sans avoir jamais eu d'autre amant, il faut avouer que ces conjectures ne sont pas sans fondement. Vous n'êtes pas bien, s'écria Élise tout à coup; vous changez de couleur. Ce que je vous ai dit de la comtesse vous aurait-il offensée? Pardonnez-le moi; mais l'espèce de froideur que j'ai remarquée chez vous pour cette aimable femme, et qui m'a souvent étonnée, m'a excitée à vous parler à cœur ouvert.

Ma pâleur avait une cause plus profonde que celle qu'Élise supposait. Je la rassurai, et elle me laissa bientôt à mes réflexions.

Cette découverte, quoique douteuse, fit évanouir toutes les images enchanteresses que l'amour avait formées; un nuage sombre s'étendit sur toutes mes idées, ou plutôt je n'en eus plus qu'une seule, celle des peines qui m'attendaient.

Il fallait cependant tirer Jules de son erreur; je veux lui confier mon amour et les maux qu'il me cause, me dis-je. Nos situations sont les mêmes, les consolations de l'amitié les adouciront. Jules fournit lui-même le lendemain l'occasion que j'attendais.

La société se dispersa après le déjeûner. La comtesse monta dans son appartement, Nordheim se retira dans son cabinet, Élise fut se promener dans le jardin avec M. d'Albans l'aîné, et je restai seule avec Jules, auprès du *piano-forte*. Après avoir joué quelques-unes de mes sonates favorites, il me parla avec plus de vivacité encore qu'à l'ordinaire, de son amour et des vœux qu'il formait pour m'être à jamais uni. Sa physionomie exprimait tant d'espérance et de tendresse, que je n'eus pas le courage de retirer ma main dont il s'était emparé.

Ah! si vous pouviez céder à mes prières, que manquerait-il à notre bonheur, s'écria-t-il ? Quelle heureuse réunion avec Elise et mon frère, et ces excellens amis dont nous ne nous séparerions plus ! Votre excellent père viendrait aussi vivre avec nous; et là, dans le sein de l'amour, de la confiance et de l'amitié, nous coulerions ensemble des jours fortunés. Votre esprit supérieur dirigerait mes actions, enflammerait mon ame pour tout ce qui est grand et noble. Ne seriez-vous pas heureuse quand nous le serions tous par vous ? Ah ! oui ! vous le seriez, parlez, répondez-moi, charmante Agnès!

La sincérité de son amour me touchait profondément; mais plus je découvrais de sensibilité chez lui, mieux je sentais aussi qu'il n'était plus en mon pouvoir de le payer du retour qu'il méritait.

O chère Agnès ! s'écria Jules, vous êtes émue; parlez, vous gardez le silence. Ah! je vois que je me suis trompé; je vous ai offensée, s'écria-t-il douloureusement, et il cacha son visage dans ses mains. Non, lui dis-je, non, cela est impossible. Jules..... si je pouvais..... Ah ! si je pouvais vous aimer par-dessus tout, comme vous le méritez.

Par-dessus tout, Agnès ! comment pourrais-je le desirer? Ne nous trompons pas ;

un cœur tel que le vôtre est trop parfait pour être rempli par une passion exclusive.

Exaucez-moi, permettez-moi seulement de vous rendre aussi heureuse que je le pourrai : votre amitié vaut mille fois à mes yeux ce que les autres femmes appellent de l'amour.

Il fallait me décider : la pureté et le désintéressement de l'amour de Jules m'avaient touchée ; je serrai sa main , et laissai aller ma tête sur son bras, pour lui cacher les pleurs que je versais, en songeant à l'incertitude des sentimens de Nordheim pour moi, et à ses liaisons avec la comtesse. Un bruit se fait entendre : je lève les yeux, et je vois Nordheim sur le seuil de la porte , qui disparaît à l'instant. Ah ! me dis-je, Jules pourrait-il jamais me le faire oublier? Cet incident augmenta encore mon émotion ; mes lèvres tremblèrent, et il me fut impossible d'articuler une syllabe.

Jules tournait le dos à la porte , et n'ayant par conséquent pu voir Nordheim, n'attribuait qu'à lui l'excès de mon agitation. O mon Agnès, continua-t-il, seulement un mot de votre bouche, qui confirme l'espérance enchanteresse que votre silence fait naître dans mon cœur! L'erreur de Jules me devenait à chaque instant plus pénible; je sentais qu'il fallait lui parler avec une entière franchise, et lui dévoiler mes vrais sentimens.

Il tenait toujours ma main. Pourquoi détournez-vous les yeux de dessus moi, me dit-il? Agnès! m'aimeriez-vous? Oui, je vous aimerais si mon cœur était libre, lui dis-je en tournant le visage. Ah Dieu! s'écria-t-il avec l'expression de la plus grande douleur. Un autre.... Ciel!..... Après quelques instans d'une violente agitation, durant laquelle il s'efforçait de retenir ses larmes, il se tourna de mon côté en s'écriant : Eh! qui peut me ravir le bonheur de ma vie, et me faire un tourment d'un sentiment lié désormais à mon existence? N'est-ce pas le charme de cette passion que fit naître pour toujours dans mon sein ton irrésistible ascendant, qui me fait sentir le prix de la vie? Non, je ne veux, je ne peux plus vivre que pour toi : tu seras, jusqu'à la mort, l'unique objet de mes pensées. Il faut que vous sachiez tout, ô mon ami! dis-je à Jules en l'interrompant : apprenez mes plus secrets sentimens et tout mon malheur.

Ah Jules! pourquoi une première impression a-t-elle rempli mon cœur pour le reste

de

de ma vie? Quand, par un dernier effort, j'eus prononcé le nom de Nordheim, il fit un cri de surprise.

Votre amour, me dit-il, vous causera bien des maux. Le secours de l'amitié pourra peut-être alléger vos peines : permettez-moi d'être votre ami, votre ami seulement; j'en fais ici le vœu. Combien cette conduite de Jules me parut touchante ! Je me promis de lui montrer toujours une parfaite confiance.

Allons, dit-il, il est tems de rejoindre la compagnie : je vois que l'on s'est réuni au jardin. Puisque vous ne pouvez plus être à moi, continua-t-il en soupirant, il faudra, chère Agnès, que je sois désormais plus circonspect dans ma conduite, afin de ne pas induire le public en erreur sur la nature de nos liaisons. Pardonnez-moi d'avoir si peu caché jusqu'ici mes sentimens ; je m'en abstiendrai à l'avenir; mais vous lirez toujours dans ce cœur fidèle, qui ne sera rempli que de vous.

La société était rassemblée dans un petit pavillon. Nordheim ne me regarda qu'à la dérobée lorsque j'arrivai, comme s'il eût voulu ménager mon embarras. Il me montrait toujours les mêmes attentions délicates ; mais une nuance de politesse un peu froide s'était mêlée à ses manières, et la douce confiance avait

I. *Partie.*                         I

disparu. Mon cœur était oppressé ; j'aurais voulu pouvoir lui ouvrir mon ame. Ce changement dans sa conduite ne me le faisait pas paraître moins aimable ; je trouvais au contraire qu'il annonçait que son cœur avait souffert de ce qu'il avait vu.

Baptiste et sa sœur avaient été priés de nous faire entendre la musique qu'ils nous avaient promise. Ils avaient leurs plus beaux habits, et la vue de ces deux charmantes petites figures pleines de vie et de fraîcheur, assises sous un accacia dans tout l'éclat de la floraison, jointe à la douce mélodie de leurs accords, nous faisait éprouver les plus douces sensations. Ils chantaient, en s'accompagnant de la guitarre, une romance italienne, et la jeune fille y mettait toute l'expression tendre et mélancolique d'un amour malheureux : de tems en tems, quand elle relevait ses longues paupières, il s'en échappait des regards enflammés, qui étaient toujours dirigés sur un seul objet, sur Nordheim.

Bravo, Bettina ! dit Nordheim en prenant la petite par la main, et en arrangeant les boucles de ses longs cheveux noirs que la vivacité de son chant avait fait tomber sur son front. Depuis quand ta mère t'a-t-elle appris cette chanson ?

Je l'ai priée il y a quelques jours, répondit Bettina, de me l'enseigner, parce que nous savions que vous deviez revenir.

Je te remercie, mon enfant, dit Nordheim. Bettina pressa sa main contre ses lèvres, et s'éloigna avec la légéreté d'un oiseau.

Pauvre Bettina! s'écria la comtesse en jetant sur elle un regard de compassion.

Pourquoi la plaignez-vous, Madame? dit Nordheim. Je compte sur vos soins généreux pour rendre heureux le sort de cette charmante enfant. Je ne pensais pas à la situation de Bettina en la plaignant, dit la comtesse, mais je m'afflige de voir ce jeune cœur annoncer déjà de si violentes passions. Et pourquoi considérer comme un mal l'ouvrage de la nature, répondit Nordheim? C'est aussi dans la saison brûlante des passions que se développe le germe de nos grandes qualités. J'en conviens, mon ami, dit la comtesse; mais lorsqu'un arbre verdoyant tombe à nos yeux, frappé de la foudre, ou lorsque nous voyons une ame ardente et douée des premières vertus, languir au milieu de sa carrière, consumée par la violence de ses impressions, ne nous sentons-nous pas saisis du sentiment douloureux que cause l'aspect de la destruction, surtout, continua-t-elle en soupirant, lorsqu'un sort malheureux nous a rendus victimes des mêmes souffrances?

Les dames se retirèrent dans leurs appartemens pour faire leur toilette; j'emmenai Bettina avec moi. La vivacité et l'air de candeur répandus sur la physionomie de cette aimable petite, avaient pour moi un charme singulier que la naïve innocence de son inclination pour Nordheim ne contribuait peut-être pas peu à augmenter.

Dans les premiers momens elle fut silencieuse et embarrassée; mais lorsqu'elle eut senti que j'éprouvais de l'intérêt pour elle, elle se mit à babiller avec une aimable liberté sur la vie qu'elle menait, sur ses occupations, sur ses projets. Ma mère parle, me dit-elle entre autres choses, de me placer à la ville, dans une bonne maison, où elle dit que je pourrai trouver peut-être un bon mari, et n'être ainsi plus à charge à notre bienfaiteur: ce serait abuser de sa bonté, continua-t-elle, que de nous reposer toujours sur lui du soin de notre existence.

Je sens qu'elle a raison; mais..... La pauvre petite fondit en larmes. Je tâchai de la consoler; je l'assurai que Nordheim ne lui laisserait pas prendre un parti contraire à son inclination, et qu'il ne consentirait pas à ce que

sa mère se privât du plaisir de vivre avec elle.
Ah! que vous me faites de bien, s'écria-t-elle
vivement! Ses beaux yeux noirs se tournèrent
vers le ciel; elle prit entre ses mains la croix
qu'elle portait à son cou, et la pressa contre
son sein avec la vive expression de la reconnaissance. Toute ma vie je dois prier pour le
bonheur de cet homme généreux, dit-elle;
oh! oui, je lui dois tout; mais que puis-je
faire pour lui? Si j'avais, comme mon frère,
de la force dans les bras pour monter un
cheval, pour manier des armes, je ne quitte-
rais plus ses côtés; je le suivrais dans tous ses
voyages, et jamais il ne lui arriverait d'accident; s'il était malade ou blessé, je ne m'éloi-
gnerais pas de son lit; personne que moi ne
s'en approcherait, et je veillerais durant la
nuit, de peur qu'un mouvement trop brusque
n'interrompît son précieux sommeil. Une rougeur extrême couvrit ses joues; elle sentit
qu'elle venait de trahir son secret.

Mon penchant pour elle augmentait à chaque instant; je lui promis de l'aimer toujours
et de la protéger dans la suite : elle se réjouit
beaucoup de l'idée de m'écrire. Comme elle
était encore avec moi, un messager de la ville
m'apporta la lettre suivante :

« Une personne qui vous est chère, desire

» quelques lignes de votre main ; elle vous
» demande principalement de répondre à la
» question qu'elle vous fit à l'instant où l'heure
» du départ sonna : vous trouverez un homme
» de confiance à minuit à la petite porte du
» jardin : il y sera tous les soirs à la même
» heure, aussi long-tems que durera votre sé-
» jour dans le château. Attendez patiemment :
» le tems amènera le moment favorable. »

JEAN CHARLES.

Je me mis tout de suite à écrire à ma mère ;
voici ce que je répondis à sa question : J'avais
déjà ressenti une vive préférence : mon bonheur et toutes mes espérances étaient attachés
à cet objet chéri ; si le sort devait m'en séparer, mon seul vœu serait de ne jamais me marier, et de vivre uniquement pour ma tendre
mère et pour mon père d'Hohenfels.

Peu de tems après Nordheim reçut une
visite inattendue, celle du prince héréditaire à
son retour de chez sa sœur, qui résidait depuis quelques jours dans une maison de plaisance des environs.

Le prince joignait à une belle figure, des
manières agréables ; son long séjour dans les
cours étrangères avait fait disparaître cette
hauteur capricieuse que donne si facilement

l'habitude de la flatterie et du pouvoir ; son ton était simple et noble : l'on s'apercevait cependant qu'il ne lui était pas naturel ; en général il n'inspirait pas cette confiance que l'on sent au premier abord pour un esprit droit et bienveillant.

L'ascendant de Nordheim sur le prince était visible ; ce dernier paraissait faire grand cas de son estime, et cherchait toujours à lire son opinion dans ses yeux.

Tandis que ces Messieurs examinaient les nouveaux embellissemens qu'on avait faits dans le jardin, la comtesse monta dans sa chambre, et me pria de la suivre. Dès que nous fûmes seules, elle me dit : Ma chère enfant, lorsque des personnes de caractères et de goûts assortis sont appelées à vivre ensemble, il vient tôt ou tard un moment où une douce intimité s'établit entr'elles, à moins que de secrets motifs ne les séparent.

Je voulais attendre cet instant avec vous, ma chère Agnès ; car il en est de l'amitié comme de certains fruits qui tombent dans nos mains d'eux-mêmes lorsqu'ils sont parvenus à leur maturité ; mais de dangereux nuages qui paraissent s'élever, m'ont fait changer de résolution ; je sens que c'est à moi à les dissiper et à faire naître entre nous cette confiance à laquelle nos cœurs sont disposés.

Agnès, la vie est si courte, et l'on en perd encore la plus grande partie à se défier les uns des autres ; non-seulement j'ai desiré préserver ton sort de ce malheur, mais j'ai voulu, charmante enfant, rendre la tranquillité à ton ame ; je ne cherche pas à pénétrer dans les secrets de ton cœur, mais reçois de ma part l'assurance que je ne suis point unie à Nordheim, et que je ne le serai jamais.

Ma jeunesse s'est passée au milieu des orages : mon triste cœur, abattu et brisé, ne peut plus faire le bonheur d'un homme digne d'en posséder un qui n'ait jamais battu que pour lui ; je l'avoue, je regarde comme le plus heureux destin celui d'être lié au plus aimable des hommes par un nœud indissoluble et saint ; mais la franchise avec laquelle je te parle, te garantit que j'y ai renoncé pour toujours. Fille chérie, me dit-elle en me serrant entre ses bras, ne cherche pas à t'abuser, tu l'aimes, et lorsqu'une fois on l'a aimé, c'est pour le reste de la vie.

Je me suis trouvée dans une position malheureuse et extraordinaire : la tranquillité m'a été ravie de bonne heure ; j'ai des fautes graves à me reprocher, et j'ai bien de la peine à recouvrer la paix avec moi-même; mon existence est un composé de combats et de douleurs. C'en est assez, chère amie; laisse-moi seule, et sois assurée que je ne suis pas un obstacle à ton bonheur.

Je me jetai au cou d'Amélie sans pouvoir parler : son discours m'avait pénétrée de respect et de compassion pour elle.

Mais l'expression profonde d'une douleur que je voyais pour la première fois répandue sur ses traits, m'avait attendrie plus encore que ses paroles; elle savait dans le monde voiler sa tristesse par le souris de l'enjouement ; mais elle venait de me montrer son ame toute entière dans ce moment d'abandon.

Pauvre Amélie, me dis-je en soupirant, et je me retirai sans cesser de m'en occuper.

Les hommes revinrent bientôt de leur promenade, et la société se réunit pour prendre le thé.

Le prince parla avec franchise de ses plans pour l'avenir : j'espère, nous dit-il, vous paraître toujours digne d'être admis dans l'aimable cercle que vous formez, et d'y goûter avec vous des plaisirs purs et vrais ; j'espère encore que vous voudrez bien y recevoir ma sœur ; je suis sûr que vous serez contens d'elle, car elle réunit les charmes de l'esprit aux qualités du cœur, et ma cour, embellie par sa présence et par la vôtre, en prendra une forme plus agréable.

Il montra à la comtesse en même tems un portrait de la princesse, et le fit passer ensuite à Élise et à moi : en y jetant les yeux, je fus saisie d'un mouvement de surprise involontaire : ces traits réveillèrent dans mon ame un souvenir confus de ceux de ma mère; au moins mon imagination s'était-elle plue à lui prêter cette physionomie si douce et si expressive; je devins rouge, je tremblai, je m'efforçai de cacher mon trouble; mais je m'aperçus que le prince, qui était vis-à-vis de moi, l'avait remarqué et cherchait à en démêler la cause.

Je changeai de place pour me dérober à ses observations. Cette soirée était destinée par Nordheim, à donner aux villageois une petite fête pour célébrer son retour : le prince desira d'y assister. Au milieu du village se trouvait une pelouse ombragée d'ormeaux : c'était là qu'on devait danser : on avait préparé des deux côtés des tables couvertes de viandes froides, de rafraîchissemens, et la pelouse était environnée de bancs pour les spectateurs. La sérénité et le contentement qui brillaient sur le front des vieillards, le plaisir qui pétillait dans les yeux de la belle jeunesse, l'honnête aisance qu'annonçaient leurs vêtemens et l'ordre qui régnait dans leurs jeux, prouvaient leur bien-être, et montraient qu'il ne leur était pas rare de se livrer à ces amusemens : nous partici-pâmes à leurs danses naïves, et Nordheim me pria de valser avec lui.

Animée par les doux accords d'une musique champêtre et par le balancement de la valse, environnée de ses bras, je tombai insensible-ment dans la plus douce ivresse : nous volions en quelque sorte sous l'immensité d'un ciel pur et brillant : le vertige de la danse se fut bientôt emparé de mes sens, et lorsque les hommes et les arbres commencèrent à tour-ner et à disparaître autour de moi, il me parut que les zéphirs nous enlevaient dans une ré-gion céleste, pour nous déposer dans une île enchantée.

Tout mon être semblait se dissoudre (si je puis m'exprimer ainsi) dans le sentiment de mon bonheur; je tremblais lorsque nous ces-sâmes de tourner : toute la nature respirait l'amour, et les regards de Nordheim, que je rencontrai, pleins d'une pureté divine, étaient attachés sur moi.

Jules s'approcha de nous, et Nordheim se

leva pour lui donner sa place : une ombre
de tristesse parut couvrir son visage , tandis
qu'il détournait avec peine ses yeux de dessus
moi, comme s'il eût voulu me dire : Pourquoi
ne veux-tu pas lier ton bonheur au mien ? Il
me sembla qu'il m'était impossible de résister
plus long-tems aux sentimens de mon cœur , et
que je devais m'écrier : C'est toi seul que j'aime!
Lorsque je vis qu'il continuait à s'éloigner , je
me sentis saisie d'une douleur poignante.

Il fallut valser aussi avec le prince , et je
ne fus pas fâchée d'être obligée par-là de me
soustraire à mes propres pensées ; mais je
tombai dans un autre embarras. Après avoir
tourné quelque tems autour des ormeaux avec
rapidité , nous suivions lentement le cercle
des danseurs : le prince serra ma main qu'il
tenait dans la sienne, et me dit : Oserais-je vous
faire une question ? D'où provenait la singulière émotion que vous a causée le portrait
de ma sœur ?

Cette demande inattendue me surprit telle-
ment, que je cherchai en vain une réponse
convenable.

Le prince le sentit. Je suis indiscret, continua-t-il ; je n'ai pas encore mérité votre confiance ; excusez-moi ; j'espère la gagner par
la suite. Monseigneur , lui dis-je avec un cer-

tain embarras, il est tant de choses qui sont importantes pour une jeune fille et qui ne vous paraîtraient que des enfantillages, que je serais honteuse de vous en importuner.

Tout ce qui se passe dans un cœur tel que le vôtre, répliqua vivement le prince, ne saurait m'être indifférent. Que le frère serait heureux si l'intérêt que la sœur paraît vous avoir inspiré, était pour lui d'un favorable augure!

Nous fûmes entraînés de nouveau dans le tourbillon de la danse, et je n'eus pas le tems de lui répondre. Je sentais qu'il s'était attribué l'émotion que m'avait causée le portrait.

La simplicité de mon éducation et notre genre de vie à Hohenfels, m'avaient laissée tout-à-fait ignorante sur les signes de la coquetterie, et l'expression de la bienveillance avait chez moi la même couleur pour les femmes et pour les hommes, surtout depuis que mon cœur en distinguait un exclusivement.

Les paroles du prince me parurent signifier seulement qu'il me voulait du bien et désirait mon amitié. Je m'aperçus pour la première fois, en l'observant davantage, de la ressemblance frappante qu'il avait avec le portrait de sa sœur, et le souvenir de ma mère chérie, qui se mêlait involontairement dans mon esprit à ce portrait, donna à mes manières avec le prince, une teinte de sensibilité qui l'entretint dans son erreur, et qui lui inspira une confiance et un empressement qui me déplurent et me donnèrent de l'éloignement pour lui.

L'on avait servi le souper dans un pavillon formé de branches vertes de sapins, et illuminé d'une manière ingénieuse. La table était ornée des plus belles fleurs du printems. La soirée était charmante. Dans tout l'ensemble de la petite fête régnait une agréable simplicité. La clarinette, le hautbois, auxquels se joignaient souvent des chants joyeux et sans art, inspiraient une gaîté d'autant plus pure, qu'on la voyait régner partout autour de soi.

Je reconnus dans les moindres détails, la bonté et le goût de Nordheim; mais il n'avait pas l'air heureux. Le prince ne me quitta pas de toute la soirée, et il me sembla que Nordheim évitait de s'approcher de nous; mais il m'observait de loin, et lorsque mes yeux le cherchaient, il leur arrivait rarement de ne pas rencontrer son regard chéri : Jules était aussi silencieux et triste. Cette situation me devenait à chaque instant plus pénible.

Le moindre chagrin que je cause à mes amis,
retombe à l'instant sur mon cœur.

Je vis avec joie avancer les chevaux du
prince ; la comtesse et toute la société furent
obligés de lui promettre de se trouver à D.....
dans peu de jours, pour lui rendre l'ennui de
sa cour plus supportable.

La nuit n'était pas trop fraîche, et il faisait
un très-beau clair de lune ; les hommes ac-
compagnèrent le prince, et nous nous retirâ-
mes dans nos appartemens, après une petite
promenade avec Élise et Bettina, que je dirigeai
vers l'endroit du jardin désigné par Charles,
afin d'en examiner la situation. Lorsque je
renvoyai Bettina en lui souhaitant une bonne
nuit, elle me dit d'un ton un peu enthousiaste : Voici la première fois que la lune et
les astres de la nuit m'ont vu votre amie, et
tant que leur lumière céleste m'éclairera, ils
me reverront la même. L'attachement que
cette aimable créature me témoignait, avait
tous les caractères d'une première passion.

Le besoin d'aimer, qui agitait depuis long-
tems son cœur, se déployait dans toute son
étendue, dans son amitié pour moi.

Afin de me préparer à ma sortie nocturne,
j'avais éloigné Élise de ma chambre, sous le

prétexte que j'étais très-fatiguée et que j'avais besoin de repos.

Les hommes étaient rentrés vers onze heures ; le silence régnait dans tout le château, et j'attendis l'heure de minuit pour me rendre dans le jardin.

Entre toutes les scènes de la journée, l'explication avec la comtesse m'avait fait une profonde impression ; un jeune cœur aimant pour la première fois en veut posséder un tout entier ; se donnant sans réserve, il ne saurait supporter de partage.

L'amour de la comtesse pour Nordheim, la pitié qu'elle m'inspirait et l'impossibilité que je sentais de jouir d'un bonheur qui ferait le malheur d'une autre, toutes ces idées se croisaient dans mon esprit et y mettaient une confusion que je n'avais encore jamais éprouvée. En même tems la présence de Nordheim augmentait mon inclination pour lui. Chaque nouvelle situation servait à mettre l'amabilité de son caractère et la supériorité de son esprit dans un plus beau jour ; en un mot, je sentais à chaque instant mes sentimens pour lui s'identifier à ma propre existence.

Aussitôt que j'entendis sonner minuit, je pris un bôle de verre qui renfermait une

bougie ,

bougie, et je me hâtai d'aller au rendez-
vous. Je m'étais enveloppée de mon mieux,
et j'espérais n'être pas reconnue si quelqu'un
m'apercevait. J'eus de la peine à me tirer des
longs corridors du vieux château et à parvenir à la petite porte du jardin.

Charles m'attendait déjà; il prit ma lettre
et me quitta sans perdre de tems, parce qu'il
craignait d'être surpris. Il me recommanda
encore vivement, au nom de ma mère, la
plus grande circonspection. Le plus léger soupçon sur nos liaisons, me dit-il, pourrait nous
ravir tout le bonheur de l'avenir, et dans cette
crainte votre mère s'interdit elle-même la
douceur de vous voir comme elle l'avait d'a-
bord espéré. Comme je revenais, le vent éteignit ma lumière au milieu du jardin. Je me
glissai avec peine le long des corridors obs-
curs, et je cherchai l'escalier qui conduisait
à ma chambre. Je tâtonnais avec les mains le
long du mur, espérant trouver les degrés. Je
m'aperçus que je passais devant des portes,
et la peur de m'être trahie par quelque bruit
me mit dans la situation la plus pénible; cependant je n'entendis rien, et j'espérais que
ces chambres étaient inhabitées ou que leurs
habitans dormaient profondément. Je me glis-
sais sur la pointe des pieds précisément devant

*I. Partie.*                                    K

une porte, lorsqu'elle s'ouvrit avec violence et me renversa par terre. Je perdis connaissance, et quand je revins à moi je me trouvai sur une chaise, et Jules devant moi une lumière à la main.

Comment vous trouvez-vous, Agnès, me dit-il d'un ton inquiet? Faut-il, ô ciel! que j'aie ouvert si brusquement ma porte? Mais aussi, qui aurait pu s'imaginer que vous fussiez là? La frayeur d'être trouvée dans la chambre de Jules me rendit mes esprits. Je me suis trompée..... c'est une erreur..... balbutiai-je d'un air déconcerté; je rallumai ma bougie, et me hâtai de m'éloigner. Permettez-moi seulement, dit Jules, de vous accompagner jusqu'au haut de l'escalier; je crains que vous n'ayez souffert de votre chute.

J'aperçus pour la première fois dans ses yeux l'expression de la défiance, et je craignis que mon refus ne l'augmentât. Je lui permis donc tacitement de m'accompagner, parce que la crainte de blesser un ami me fit passer sur toute autre considération. Hâtons-nous, Jules, je vous en conjure, lui dis-je; que nous ne soyons pas vus!

Il paraissait stupéfait d'étonnement; il me tint le bras pour me soutenir. Nous avions à peine fait quelques pas hors de sa chambre,

que nous rencontrâmes Nordheim qui descendait l'escalier : il était impossible de l'é-
viter; il portait une bougie à la main, et s'arrêta tout court lorsqu'il nous aperçut. Je
n'ai jamais été saisie d'une terreur pareille ;
j'aurais voulu m'anéantir, et je restais fixée à
ma place sans mouvement.

J'eus dans ce moment une idée de l'état de
ces personnages fabuleux qui étaient changés
en statue.

Nordheim se remit promptement; il passa
à côté de moi comme s'il ne m'eût pas remarquée, et il dit à Jules : Vous me permet-
trez de vous attendre dans votre chambre.
Je vous conseille de faire passer cette dame
par mon cabinet qui donne sur la grande
salle, d'où elle pourra rentrer chez elle plus
promptement et plus sûrement ; arrêtez-vous
seulement quelques instans dans mon cabinet, pour ne pas rencontrer mon valet-de-
chambre dans la galerie.

Il me fut impossible de parler à Nordheim :
il était entré précipitamment dans la chambre
de Jules en fermant la porte sur lui. Laissez-
moi aller seule, m'écriai-je en sortant de l'é-
tat de stupeur où m'avait jetée la vue de
Nordheim. Ah Jules ! laissez-moi. Comment
ai-je pu supporter tant d'humiliation ? Jules

K 2

lui-même paraissait troublé et rêveur, mais la délicatesse de son caractère et de son amour ne se démentit pas un instant.

Je vous quitte puisque vous le voulez, me dit-il. Prenez du repos, chère Agnès. Nordheim ne conservera aucun doute ; soyez tranquille. En disant ces mots il pressa ma main contre son cœur. Je m'éloignai aussi promptement que me le permit un petit effort au genou que j'avais fait dans ma chute. J'entrai dans le cabinet de Nordheim : tout m'y retraçait cet objet si cher, et le calme rentrait peu à peu dans mon ame. C'est ici qu'il repose, me dis-je. Oh ! puisse un songe favorable lui montrer l'image de la malheureuse Agnès et lui prouver son innocence ! Il fallut me faire violence pour m'arracher de cet endroit : un charme magique y avait dissipé toutes mes angoisses. Elles se réveillèrent de nouveau dès que je me trouvai seule dans ma chambre, et bannirent le sommeil de mes yeux.

J'ai perdu l'estime du plus adoré, du plus respectable des hommes, me disais-je : maintenant, que doit-il penser de moi ? Je n'osai pas m'arrêter plus long-tems sur cette idée ; je m'efforçai de la détourner de mon esprit.

Eh ! quel espoir ai-je de le désabuser ? Il

m'est défendu de l'instruire. Je suis condamnée à devenir la victime des fatales circonstances où je me trouve.

Il viendra un tems, me dit une voix consolatrice, où tu pourras dévoiler la vérité, et te laver à ses yeux de toute espèce de soupçon.

L'heureuse disposition de l'esprit dans la jeunesse, où l'imagination, dans toute sa force, mêle toujours au présent les espérances de l'avenir, m'aida à supporter l'amertume de rester méconnue de celui que j'aimais : je me révoltais cependant sur l'injustice du sort, qui pouvait un moment compromettre l'innocence.

Lorsque le jour parut, je n'osais m'examiner ; je ne retrouvai ni ma gaîté naturelle ni cette heureuse insouciance, fruit de la sécurité ; mais une force de souffrir, inconnue jusqu'alors pour moi, l'avait remplacée ; il me semblait avoir acquis dix années d'expérience. Le sentiment de l'injustice, en m'obligeant à chercher des ressources en moi-même, avait pour ainsi dire concentré mes facultés, et me relevait à mes propres yeux.

Je vis Élise au déjeûner ; mais ses regards si confians et si tendres ne me parurent plus que curieux et presque offensans. J'avais vu de loin Nordheim en descendant ; il m'avait aperçue et s'était détourné.

Ah ! m'écriai-je, qu'il est bien vrai que l'amour s'envole avec l'innocence , puisqu'il suffit de l'ombre d'une faute pour le faire fuir ! Je prétextai des affaires pour rester seule, et je lus un de mes écrivains favoris.

J'éprouvais une grande douceur à me réfugier dans le monde idéal , quand celui des réalités me causait tant de maux. L'occupation tranquille rend le calme à l'imagination ; elle est à notre esprit ce qu'un bain est pour le corps. Une bonne lecture chasse , au moins pour un tems , toutes les idées pénibles , et donne assez d'aplomb pour juger sainement des circonstances où nous nous rencontrons. Élise vint me trouver dans ma chambre deux ou trois heures après , les yeux remplis de larmes ; elle me serra vivement dans ses bras , et s'écria avec la douce expression de la plus tendre amitié : Non, personne dans le monde ne me persuadera que ma chère Agnès puisse commettre une telle imprudence ; cher ange , dit-elle en passant sa main sur mes joues pour me caresser , quoi ! tu pourrais dissimuler ? être fausse avec nous ? Oh! pour cela, non ! mais quelles fatales circonstances t'ont forcée.....

De quoi parles-tu, chère Élise, lui dis-je avec
émotion? Qui ai-je offensé en déguisant la
vérité? Je devais me taire; je l'avais même
promis à d'Albans, continua-t-elle, mais cela
m'est impossible, et je ne veux pas le pouvoir. En te quittant après le déjeûner, j'ai eu
envie de respirer l'air du matin sur le balcon
de la grande salle; j'y ai trouvé les deux d'Albans qui s'y promenaient en parlant vivement.
Ils m'ont saluée tous deux d'un air si troublé,
que je n'ai pu m'empêcher de demander à
l'aîné ce qui était arrivé.

Nous nous disputons sur Agnès, m'a-t-il
dit, et sur sa conduite singulière et mystérieuse..... et que, précisément parce qu'elle
est mystérieuse, nous ne pouvons pas condamner, a répliqué vivement Jules..... mais
aussi que nous ne devons pas justifier jusqu'à
ce que nous la connaissions, a dit d'Albans,
et en attendant il ne faut pas nous lier à elle
par un nœud indissoluble qui ferait peut-être
notre honte. Il n'y a que vous, mon frère,
s'est écrié Jules, qui puissiez me parler ainsi
impunément; et il a paru dévorer sa colère.
Je les ai priés de m'expliquer enfin la cause
de ce débat, et Jules m'a raconté l'événement
de cette nuit : Et remarquez, Élise, m'a dit
l'aîné, que j'ai vu à la même heure, à travers

mes fenêtres qui donnent sur le jardin, une
personne voilée qui éteignait sa lumière quand
elle a été près du château, et que peu de
minutes après est arrivé du petit pavillon au
bout du jardin, monsieur de Nordheim, que
j'ai parfaitement reconnu parce qu'il portait
une lumière.

Tout cela n'est pas convaincant, dit Jules,
lorsqu'il s'agit de personnes pour qui l'on a
eu pendant long-tems une estime méritée.
Cela est vrai quant à Agnès, dit d'Albans ;
mais nous ne connaissons Nordheim personnellement que depuis peu de jours, et nous
ne pouvons pas juger de ses mœurs. Il règne
dans le monde des maximes si relâchées sur
la manière dont on doit se conduire avec les
femmes, et les liaisons de Nordheim avec la
comtesse prouvent assez qu'il les a adoptées ;
il a le cœur bon, et là pitié pour une aimable
fille comme Agnès, l'aura facilement porté à
la tirer d'embarras à tes dépens, étant ins-
truit de tes sentimens pour elle. Au moins
c'est n'être pas ingrat : les hommes qui ont
joué un grand rôle dans le monde politique, se
sont accoutumés à regarder tous leurs alen-
tours comme des pièces d'échec qu'ils doivent faire agir suivant leurs intérêts. Alors il
pria Jules de me raconter ce qui s'était passé

entre Nordheim et lui, afin que j'en pusse
bien juger.

Lorsque je suis rentré dans ma chambre,
a-t-il dit, Nordheim s'est avancé vers moi
avec un air très-sérieux, et m'a dit : Monsieur,
vous n'avez pas besoin que je vous rappelle
ce qu'un homme d'honneur doit faire lorsqu'il a profité de la faiblesse d'une fille jeune
et estimable.

J'ai trop de confiance en votre caractère,
pour craindre que vous attribuiez à une fantaisie ce qu'une femme ne peut accorder sans
honte, qu'à l'amour le plus passionné.

Si vous l'aimez, comme elle le mérite, je
m'en fie à votre cœur ; mais si vous aviez le
dessein d'en abuser, sachez qu'il n'en sera
rien tant que je vivrai.

Jules lui a répondu qu'il se trompait, et
qu'il tirait de fausses conséquences d'un accident tout-à-fait imprévu ; que tu étais, mon
Agnès, aussi incapable d'une faiblesse, que
lui d'une odieuse séduction. L'étourderie qu'il
avait faite au bal de la comédie, et qu'il cherchait depuis plusieurs jours l'occasion de lui
expliquer, jointe à cette aventure, pouvaient
naturellement faire naître des soupçons dans
l'esprit de Nordheim ; mais il lui assura sur
son honneur qu'ils étaient sans fondement,

et il ajouta qu'il espérait pouvoir le lui prouver.

Élise me raconta alors, pour la première fois, ce malheureux incident ; ce qui ne me causa pas un léger regret, mais m'expliqua d'un autre côté la conduite de Nordheim.

Le discours de Jules n'a pas paru avoir convaincu Nordheim, continua Élise, et il a gardé long-tems le silence en se mordant les lèvres ; enfin il lui a dit : Que dois-je penser de vous ? J'espère que c'est la délicatesse si naturelle au véritable amour, qui vous porte à cacher votre bonheur à des yeux profanes ; mais vous me faites injure ; mon cœur n'est pas insensible ni sans indulgence pour les égaremens de l'amour ; votre conduite future m'apprendra seulement si je dois vous condamner ou prendre part à votre félicité. Un bonheur durable est le fruit qui doit suivre la fleur de la jouissance, sans quoi elle se fane et ne laisse que des épines.

Que reste-t-il alors, sinon le repentir, à une malheureuse fille dont la prudence n'a pas dirigé la tendresse ? Et si nous, auteurs de sa perte, ne sommes pas tout-à-fait endurcis, ne serons-nous pas dévorés de remords ?

Jules lui a répété de nouveau que ses liaisons avec toi n'étaient point du genre qu'il l'imaginait.

M. d'Albans, vous sentirez et jugerez de ce que vous avez à faire, a répliqué Nordheim avec chaleur : permettez-moi seulement d'a-jouter que je ne connais point les sentimens de votre famille sur Agnès, ni l'importance que vous y attachez ; mais qu'étant ami de cœur de son père adoptif, je vous promets de faire toutes les démarches possibles pour éclaircir le mystère de sa naissance ; et si je ne puis parvenir à vous satisfaire sur cet ar-ticle, recevez toujours l'assurance de ma part, qu'Agnès aura une fortune capable de faire briller votre maison à D....., et suffisante pour laisser à vos enfans un bien qui les dédomma-gerait de la perte de leur généalogie.

Jules a répondu que s'il pouvait te rendre heureuse, son amour seul suffirait pour l'en-gager à t'épouser ; et qu'il n'était pas accou-tumé à suivre d'autres lois que celles de son propre cœur.

C'en est assez pour aujourd'hui, a dit Nor-dheim avec une fureur concentrée. Demain j'espère que vous me seconderez pour éviter toute espèce d'humiliation à cette intéressante fille, sinon je connais mon devoir, et je proté-gerai l'innocence qu'on ose offenser chez moi.

Je présume qu'ils se sont dit plusieurs autres paroles piquantes ; Jules a envoyé chercher ses chevaux à la ville ; son domestique les tient à la porte du parc, et j'ai entendu qu'il veut envoyer un billet à Nordheim.

Jules est plein d'amour pour mon Agnès, plein de confiance en la pureté de ses mœurs, et ne desirerait rien plus ardemment que de te donner sa main, après avoir convaincu Nordheim que le vœu de son cœur a seul formé vos nœuds. Son frère s'y oppose absolument jusqu'à ce que tu te sois justifiée sur l'aventure de cette nuit. Je te parle avec une entière franchise, mon Agnès, continua-t-elle. Il craint que Nordheim ne t'aime lui-même, mais qu'il ne veuille pas t'épouser à cause de ses liaisons avec la comtesse, et qu'il desire te procurer un établissement fixe à D.....
Le penchant du prince pour toi, qui se montra hier si vivement, lui a donné aussi de l'inquiétude. O quel fatal concours de circonstances malheureuses n'a-t-il pas fallu pour faire naître de tels soupçons dans le cœur de mon d'Albans ! Élise se jeta dans mes bras en pleurant. Chère Agnès ! s'écria-t-elle, fais cesser cette douloureuse perplexité par un aveu sincère. Il est impossible que tu sois coupable ! Hélas ! le bonheur de ma vie est

détruit si la défiance de d'Albans me sépare de toi.

La touchante amitié d'Élise fit le même bien à mon cœur flétri, que la fraîche rosée à l'herbe desséchée : qu'il est doux d'avoir une amie dont le cœur repousse jusqu'à l'évidence du mal qui nous accuse !

Tu as raison de te reposer sur mon innocence, excellente Élise, lui dis-je ; je mérite ton estime, et je t'aimerai toujours ; mais avant tout, il faut que nous dissipions la mésintelligence qui règne entre ces deux hommes chéris. Va dire à Jules que je desire lui parler avant qu'il parte, et je ferai prier Nordheim de passer un instant dans ma chambre. Ils parurent bientôt tous deux en même tems ; ils furent surpris et même un peu blessés de se rencontrer ainsi. Je m'efforçai de surmonter toute timidité ; je pris la main de Nordheim et de Jules, et je leur dis : Puisque j'ai le malheur d'être la cause involontaire d'une mésintelligence entre deux hommes généreux, je dois au moins m'efforcer de les réconcilier.

Vous me faites injure, monsieur de Nordheim, si vous doutez de mes mœurs ; mais je dois et je veux souffrir vos offensans soupçons sans me justifier. Cependant, si mon caractère ne vous paraît mériter aucune confiance, comment le souvenir de mon père d'Hohenfels ne vous en a-t-il pas inspiré davantage ? L'habitude, le goût et le besoin de la vertu se seraient-ils si promptement évanouis dans une ame où il les a imprimés de si bonne heure lui-même ? Pour M. d'Albans, il s'est toujours conduit avec moi comme l'ami le plus sensible et le plus vrai, et c'est pour cela qu'il m'eût été impossible d'accepter sa main ; car un cœur comme le sien mérite une femme qui n'ait jamais à combattre entre son inclination et son devoir : d'ailleurs, je ne suis pas maîtresse de disposer de ma destinée.

Maintenant, ô vous, mes amis ! rendez-moi le repos en m'assurant qu'il n'existe plus aucune défiance entre vous : il me serait affreux de diviser deux hommes qui, également vertueux, sont dignes de l'estime et de l'amitié l'un de l'autre. Nordheim et Jules étaient émus. Oh ! s'écria Nordheim, qui ne serait pas persuadé ? Le langage de la vérité et de l'innocence l'emporte contre le témoignage même de ses propres yeux.

Monsieur, dit-il à Jules en lui tendant la main, si je vous ai offensé, attribuez-le à mon inquiétude sur le sort de cette fille adorable, et aidez-moi à obtenir d'elle mon pardon.

Jules prit la main de Nordheim, et je pressai ces deux mains chéries contre mon cœur. Des pleurs s'échappaient de mes yeux; je me sentais vivement agitée par la foule de sentimens douloureux et agréables qui se croisaient en même tems, et pour ne les pas laisser paraître, je me hâtai de me retirer.

Dans le cours de la matinée, Bettina profita d'un moment favorable où elle me trouva dans le jardin, pour me dire à voix basse : J'ai une prière à vous faire, engagez M. de Nordheim et madame la comtesse à me permettre de les accompagner à la ville. Je ne sais comment cela se fait, mais à présent cette solitude que j'aimais tant, me paraîtrait un tombeau.

Je sens que je ne suis rien encore, mais je sens aussi que je puis devenir quelque chose; en attendant, je souffre de l'insignifiance où s'écoulent mes jours. Je ne suis plus un enfant; j'ai là (dit-elle en indiquant son front du bout du doigt) l'idée aussi claire du développement de mon existence, que de la forme et des couleurs de cette rose qui est devant nous, quoiqu'elle soit encore renfermée dans un bouton prêt à s'ouvrir. Oh! gardez-moi toujours avec vous, me dit-elle du ton le plus suppliant, et je deviendrai tout ce que je puis être.

Lorsque je parlai à Nordheim de la demande de cette charmante enfant, il en parut ravi : Vous venez au devant de mes vœux, me dit-il ; Bettina est dans l'âge où le commerce suivi d'une femme de mérite peut seul former son caractère et son esprit ; car elle n'est pas encore capable de diriger son aimable naturel, ni de considérer les sources du bonheur sous leur véritable point de vue. Sa mère n'a vécu qu'au milieu du prestige enchanteur des talens et de la beauté ; aujourd'hui qu'elle a perdu cette existence avec les charmes de la jeunesse, elle est tombée dans cette sorte d'anéantissement qui résulte nécessairement du vuide de l'ame : cette pauvre créature, dans son humiliation, tourne ses regards vers le ciel ; mais elle conserve encore dans une sorte d'immobilité, toutes les formes et les habitudes mondaines qu'elle présentait autrefois ; sa raison n'est plus assez puissante pour les modifier et les vivifier.

A présent toute espèce de société lui inspire une aversion qui vient sans doute du regret amer que sa vanité lui fait éprouver, d'avoir survécu à cette frêle existence qui lui parut

parut si brillante, et de l'impuissance où elle se trouve d'y établir de nouveaux rapports. Vous voyez, continua-t-il, que votre bonté pour Bettina m'ôte un grand souci, car je lui veux beaucoup de bien : combien je vous dois de reconnaissance, chère Agnès! Il prit ma main avec vivacité ; mais il la laissa à l'instant et il s'éloigna. La comtesse consentit avec plaisir à nos projets sur Bettina, et sa mère fut alors consultée.

Une demi-heure après Baptiste revint en courant, et dit en élevant la voix : Ma mère desire de parler à la jeune Dame étrangère qui montre tant de bonté pour sa fille.

C'est très-extraordinaire, dit Nordheim. Je suivis Baptiste à travers un joli petit jardin, et nous entrâmes dans la maison. Une femme d'une taille élancée et d'une très-belle figure, où l'on remarquait cependant une vivacité inquiète, me reçut au haut de l'escalier ; je vis qu'elle avait de l'embarras et qu'elle cherchait à me le cacher par un maintien froid et réservé. Elle me conduisit, sans me parler, dans la chambre qui était surchargée d'orne-mens, et qui prouvait plus en faveur de la générosité de Nordheim, que pour le bon goût de ses habitans. La mère ordonna à Baptiste de nous quitter. Lorsque nous fûmes

*I. Partie.*          L

seules, elle me prit les deux mains, me regarda fixement, quoiqu'avec l'expression de la joie, et s'écria..... Oui, c'est elle! voilà celle que tu m'as montrée comme ma protectrice, sainte Vierge! C'est ainsi qu'elle descendait vers moi sur un nuage doré; voilà les boucles de ses beaux cheveux blonds qui flottaient autour de sa tête céleste; je reconnais ce sourire délicieux qui adoucissait la noblesse de ses traits divins. Oui, elle m'aidera; elle doit venir à mon secours.

J'étais presque effrayée et ne savais que dire.

Elle tâcha de se remettre de son agitation, et resta quelques instans sans parler, à côté de moi, les yeux à demi-fermés; puis elle me dit vivement: Laquelle doit épouser notre bon seigneur, la comtesse de Vildenfels ou vous?

Je lui répondis que je n'avais point ouï dire que M. de Nordheim songeât à se marier.

La comtesse n'est pas son épouse, s'écria-t-elle, et vous pouvez la devenir. Oh! combien je me réjouis de vous honorer comme la compagne de mon protecteur! Vous avez fait certainement sur lui une impression singulière; je ne le vis jamais si serein, si satisfait, si plein de vie et de gaîté (si j'ose m'exprimer ainsi) qu'hier lorsqu'il vous donnait le bras; je m'en réjouissais dans le fond de mon cœur. Lorsqu'on m'a dit ce matin qu'il devait célébrer bientôt son mariage avec la comtesse, j'ai senti un frisson parcourir tout mon corps, et je suis restée interdite.

Les discours de cette femme étaient pour moi une énigme incompréhensible; mais un charme magique semble nous attacher à la personne la plus indifférente, lorsqu'elle nous parle avec intérêt de l'objet de nos vœux.

Elle tira alors une petite cassette de son bureau; ses mains tremblaient; elle pressa la cassette sur sa poitrine en tournant ses yeux vers le ciel, et s'écria : Sainte Vierge, tu me l'as toi-même ordonné; je suis ta volonté; elle ne me trompera sûrement pas.

Ensuite me regardant fixement, elle continua : Depuis plusieurs années je ne m'étais confiée à aucun être vivant, et depuis que, par l'aveu de ma faute, j'en avais obtenu le pardon d'un Saint-Père, j'étais résolue à ensevelir ce secret dans mon sein; cependant plusieurs circonstances et le sort futur de mes enfans exigeaient de ma part une ouverture de cœur bien douloureuse; d'un autre côté, bien des motifs me forçaient à me taire; je passai ainsi plusieurs mois dans une cruelle indécision ; je m'adressais souvent à la sainte Vierge pour qu'elle me dirigeât ; enfin elle m'apparut dans un songe ; elle tenait une sainte par la main, et elle me dit : Donne-lui toute ta confiance.

Je me sentis tranquillisée, et j'attendis avec plus de calme l'explication de cette apparition.

Le premier regard que je jetai sur vous comme vous traversiez le jardin avec M. de Nordheim, me fit reconnaître la figure céleste que j'avais vue en songe ; ce qui me persuada encore davantage que vous étiez un ange bienfaisant envoyé à mon secours au moment de la détresse, c'est que je vis la comtesse à côté de vous (vous comprendrez cela dans la suite). Depuis je vous ai vue souvent sans que vous m'ayez aperçue, et je me suis tout-à-fait convaincue que je ne m'étais pas trompée quand j'avais d'abord reconnu en vous la libératrice qui m'avait été promise.

Mon cœur a été délivré du fardeau qui l'accablait par ce secours visible du ciel ; maintenant je vous confie sans crainte mon sort, celui de mes enfans, attaché aux papiers que cette cassette contient.

Jurez-moi que notre seigneur ne conduira pas la comtesse à l'autel avant qu'il l'ait ouverte, lui en ait déclaré le contenu, et reçu d'elle la promesse qu'elle prendra soin de mes enfans.

Si c'est vous qui l'épousez, vous deviendrez leur protectrice, et vous ouvrirez le petit coffre le jour de vos noces. M. de Nordheim restera alors leur père par amour pour vous, comme il l'est à présent par bonté et par bienfaisance ; je sens souvent le besoin de lui ouvrir mon cœur, mais le respect enchaîne la confiance.

J'espère faire cesser ainsi le trouble affreux où je suis plongée depuis si long-tems, dit-elle après être restée ensevelie quelques instans dans ses réflexions. Jurez - moi maintenant, ajouta-t-elle d'un ton solennel, par tout ce qui vous est sacré, jurez-moi par celui qui sait tout, d'accomplir ma prière, et de rendre ainsi le repos à une infortunée.

Ses yeux étaient fixés sur les miens avec l'expression d'une inquiétude vive et pénible : tous ses traits étaient dans une immobilité parfaite, et sa bouche à demi-ouverte. Je lui promis l'accomplissement de sa prière autant que cela me serait possible, et j'en pris à témoin l'Être à qui rien n'est caché : alors elle se jeta à mes pieds, arrosa mes mains de ses pleurs, et s'écria qu'elle était heureuse d'être délivrée de l'état d'anxiété où elle se trouvait auparavant.

Je cherchai à la ramener à des sentimens plus paisibles, en lui parlant de sa fille et des soins que j'aurais d'elle; je voyais clairement que la solitude lui était nuisible, qu'elle finirait par altérer sa raison; ce qui doit arriver quand on ne sait plus régler son imagination et qu'on est livré à une oisiveté absolue. Il est peu de gens qui puissent trouver en eux-mêmes des ressources suffisantes pour se maintenir en équilibre dans toutes les circonstances de la vie : la plupart des hommes empruntent les uns des autres leurs pensées, leurs forces et la plus grande partie de leurs sentimens, comme ils adoptent la forme de leurs vêtemens d'après ceux qui les environnent.

Je lui proposai donc de rentrer dans la société, mais elle me répondit avec un souris mélancolique, en remuant la tête : L'on ne fait plus de cas des rossignols en hiver; je veux vivre seule jusqu'à ce que je puisse chanter de nouveau dans le chœur des anges.

Elle me dit que Bettina m'apporterait dans la soirée la cassette mystérieuse : il paraissait qu'elle ne pouvait trouver aucun repos tant qu'elle n'avait point éloigné d'elle ce dépositaire de ses pénibles secrets.

En revenant, je rencontrai Nordheim et Jules dans le jardin ; ils paraissaient engagés dans une conversation très-animée ; ils l'interrompirent en me voyant, et Nordheim me demanda comment j'avais trouvé madame Barsino. Il me semble, répondis-je, qu'elle aurait grand besoin d'être forcée à voir un peu de monde : peu à peu la société adoucirait l'amertume de ses souvenirs.

Le reste de la vie, dit Nordheim, doit nécessairement être rempli de tristesse et d'ennui, quand le commencement en a été uniquement consacré à cultiver un talent qui ne nous charmait que par les illusions de l'amour-propre ; lorsque la jeunesse ne s'emploie qu'à effleurer des roses, les saisons qui la suivent ne présentent que des épines.

Nous nous trouvions à côté d'un banc sur lequel un arbre étendait son feuillage. Nordheim nous invita à nous y asseoir : ses manières avaient quelque chose de plus tendre qu'à l'ordinaire : une teinte de gaîté douce était répandue sur toute sa personne, et le son de sa voix était encore plus flatteur et plus expressif lorsqu'il me parlait.

Devais-je attribuer ce changement à l'amour ou seulement au desir de faire oublier un tort ?

Cette incertitude m'était pénible ; mais elle

ne m'empêchait pas de jouir de cette délicieuse
situation : un silence éloquent régnait entre
Jules, Nordheim et moi : nous ne l'interrom-
pions que par des mots décousus, et qui auraient paru sans suite et sans signification à
un étranger, mais que nos cœurs entendaient
à merveille.

Nous étions tous trois remplis d'un sentiment impossible à décrire, et qui ne s'exprimait que par nos regards : de peur de le trahir, nous ne nous entretenions que des choses les plus indifférentes. Je desirais de rester
seule avec Nordheim, mais ce desir était ba-
lancé par l'embarras que m'inspirait l'idée du
moment décisif où je recevrais l'aveu de son
amour. Jules lui-même paraissait m'avoir
devinée; plus d'une fois je vis qu'il allait nous
quitter, mais toujours il était retenu par la
crainte de me déplaire. Ma confiance et mon
amitié pour lui étaient telles, que si j'eusse
été sûre qu'il eût renoncé à son amour pour
moi, et si je n'eusse pas craint que l'aspect
de mes sentimens pour un autre ne l'affligeât
douloureusement, j'aurais voulu l'associer
à mon bonheur et le rendre témoin de ma
félicité.

Cependant nous nous sentions oppressés
par des sentimens trop long-tems comprimés ;

et comme en été le ciel, chargé de nuages, annonce par des éclairs l'explosion qui va les dissoudre, il eût suffi de nous envisager pour juger qu'un tendre épanchement était prêt à s'échapper de nos lèvres.

Jules se leva et parut vouloir s'éloigner. Le délicieux pressentiment d'un aveu ardemment desiré m'avait jetée dans un trouble enchanteur, quand à l'instant Nordheim nous quitta en s'excusant légérement sur ses affaires. Je fis un mouvement involontaire comme pour le retenir : mon cœur battait avec violence, et un profond soupir apprit à Jules l'état de mon ame.

Qu'ai-je fait? s'écria-t-il douloureusement. Pourquoi ai-je tant tardé à me retirer? Pourquoi, malheureux que je suis! suis-je toujours un obstacle au bonheur de la plus aimable des femmes? Son trouble rappela mes esprits.

Cher Jules, lui dis-je, le sort ne se laisse pas arracher les plus beaux momens de la vie; il veut les donner lui-même volontairement. Ai-je touché le cœur de Nordheim? Presque tout m'en fait douter.

Je lui parlais avec franchise : la crainte et le desir entretiennent nécessairement l'incertitude dans notre ame. Nordheim avait pu desirer de me voir l'épouse d'un autre homme!

Comment pouvait-il m'aimer? Les regards de
Jules reposaient sur moi avec le plus tendre
intérêt.

Fiez-vous-en à mes yeux, chère Agnès,
me dit-il : vous êtes aimée. L'amour, continua-
t-il, se fait sentir chez les femmes dans toute
sa pureté, mais il se mêle le plus souvent chez
les hommes, à divers sentimens qui le nuan-
cent et le modifient. Dans une ame aussi re-
levée et aussi forte que celle de Nordheim,
cette passion doit prendre un caractère particulier auquel vous pouvez aisément vous
méprendre. Je me sentais fortifiée et tranquillisée par les raisonnemens de Jules, dont le
jugement restait toujours intact au milieu
même des passions. La connaissance de son
caractère ajoutait de la consistance aux espérances qu'il me donnait. Nous revînmes ce
soir même à la ville : le prince avait vivement
pressé toute la société de se trouver à une fête
qu'il devait donner à sa sœur.

Je quittai à regret la demeure de celui que
j'aimais. Les jardins, la maison, les appartemens et tout ce qu'ils contenaient, m'y paraissaient animés et embellis par le charme de sa
présence, comme un beau jour donne un nouvel éclat au pays que nous habitons, et nous
fait trouver plus de plaisir à le considérer.

Je passai les jours suivans dans le tumulte des fêtes : cette vie bruyante ne m'a jamais convenu; elle me jette dans un véritable état d'étourdissement, et je ressemble alors à quelqu'un qui, après avoir erré dans l'obscurité, sent vivement le besoin de revoir la lumière.

La figure de la princesse me causa une singulière émotion lorsque je la vis pour la première fois; elle était assise au milieu d'un cercle de femmes, dans lequel je fus obligée de me placer. Son maintien était noble et sa parure simple et pleine de goût. Lorsque je pus examiner ses traits avec plus d'attention, je fus charmée de la noblesse et de la sensibilité qu'ils exprimaient.

Les Dames parlaient peu et très-bas; la princesse gardait le silence ou l'interrompait pour dire un mot ou deux à ses voisines, qu'il m'était impossible d'entendre. Enfin elle se tourna vers moi en m'adressant une question. Le son de sa voix retentit jusqu'au fond de mon cœur, et je fus saisie d'un tremblement universel. Les ornemens du salon et toutes les personnes qui m'environnaient, vacillèrent devant mes yeux; j'eus de la peine à me tenir sur ma chaise; j'étais assise à côté d'une Dame âgée; elle me prit par la main et me répéta tout bas la question de la princesse. Je bal-

butiai une réponse comme je le pus : ma
bonne voisine prenait mon état pour de la
timidité, et cherchait à venir au secours de la
pauvre campagnarde. Le prince s'approcha
de nous; la princesse parla beaucoup et avec
vivacité; je me remis peu à peu, et je m'en
voulus d'avoir été si peu maîtresse de moi-
même.

Le prince ne me montrait en public, et principalement en présence de son père, que les
attentions d'usage. Cependant les courtisans,
dont la pénétration exercée manque rarement
d'apercevoir les faiblesses de leur maître,
trouvèrent bientôt quelque chose de remarquable dans les manières du prince avec moi.
Je fus obligée de supporter beaucoup d'éloges
et de critiques, sans mériter les uns ni les
autres.

Je voyais que Nordheim et Jules observaient ma conduite avec le prince. La confiance qu'ils avaient conçue l'un pour l'autre,
paraissait augmenter sans cesse. Autant j'a-
vais de joie de la réunion de deux hommes
qui m'étaient si chers, autant j'étais affectée
du changement sensible des manières de Nordheim avec moi; mais ses regards comme ses
discours étaient pleins de la bonté d'un tendre
père. Cependant je le voyais chaque jour, et

chaque jour il développait plus d'amabilité, précisément de celle à laquelle les femmes résistent le moins. Le desir d'être aimées ne nous enflamme jamais davantage que lorsque celui qui nous l'inspire, possède à un degré imminent ces facultés distinguées qui s'attirent l'admiration des hommes. Nous sentons alors que son amour nous ferait participer à sa gloire. Dans le monde, Nordheim alliait à une grâce séduisante toutes ces qualités aimables qui font le charme de la société ; mais quand il s'agissait d'une affaire ou d'une liaison sérieuse, on découvrait en lui une fermeté inébranlable de principes et de caractère. Rempli de courage et de dignité, il ressemblait à un lion généreux qui laisse jouer les insectes dans sa crinière. L'on sentait cependant toujours son irrésistible ascendant, et la foule des courtisans ne pouvait s'empêcher de reconnaître la supériorité de son mérite. L'estime et l'amitié dont le prince ne cessait de lui donner des témoignages publics, lui valaient un grand crédit auprès des gens en place : son jugement et sa pénétration étaient redoutés des intrigans, honorés et chéris des gens de bien.

Quand je me trouvais seule et rendue à moi-même, je regrettais les douces illusions qui avaient surpris mon cœur. Non, disais-je, Nordheim ne m'aime pas : c'en est fait, le bonheur m'est ravi.

Le souvenir de mon père d'Hohenfels, l'espérance de rendre sa vieillesse aussi heureuse que mon enfance avait été embellie par ses soins, étaient les seules pensées qui relevassent un peu mon courage.

L'intérêt que je prenais à Bettina faisait aussi diversion à mes peines. Bettina se tenait beaucoup dans ma chambre.

En veillant sur ses occupations, le souvenir de la tranquillité et de la douceur de mes jours, jusqu'au moment où j'avais perdu mon indifférence, revenait douloureusement à mon esprit. Ma gaîté s'était envolée avec l'espérance de l'amour, et mes yeux éteints annonçaient une ame abattue qui se replie sur elle-même, et qui cherche la force d'achever une pénible carrière.

Nordheim paraissait ne pas démêler le véritable état de mon ame, et souvent même il semblait se méprendre à l'enjouement contraint que je m'efforçais de porter dans le monde.

Jules connaissait mon cœur, et se conduisait avec la plus noble délicatesse. Il évitait de s'approcher de moi, pour dissiper le bruit

qui s'était répandu de notre mariage ; mais
lorsqu'il le pouvait sans être remarqué, il
me disait quelque chose d'affectueux qui peignait la pureté de son amitié pour moi. Je
sentais tout le prix de cette conduite, et j'apprenais à estimer tous les jours davantage ses
rares qualités.

La comtesse, depuis sa première explication, ne m'avait plus dit un mot sur le même
sujet : on voyait qu'il eût été trop douloureux pour elle de répéter de tels épanche-
mens, et qu'elle évitait au contraire tout ce
qui pouvait les ramener. Cependant le ton
de complaisance et les ménagemens qu'elle
employait avec moi, me faisaient bien connaître qu'elle sentait l'état de mon ame ; mais
il semblait qu'après avoir fait un violent effort pour remplir le devoir d'une amie, il
était au dessus de son courage d'aller plus
loin, et qu'elle m'abandonnait à mon sort.
Élise, aimable et sensible, manquait de l'é-
nergie dont j'aurais eu besoin, et les défiances
de d'Albans l'aîné à mon égard avaient un
peu altéré la confiance de notre petit cercle.

Le prince n'était occupé que de lui, quoiqu'il voulût paraître ne penser qu'à moi, et
qu'il le crût peut-être. C'est ainsi qu'au mi-

lieu d'une société intéressante, je me trouvais seule et livrée à moi-même.

La singulière impression que la première
vue de la princesse avait faite sur moi, m'a-
vait laissé une sorte de timidité qui m'empêchait de m'en approcher. Cependant un
attrait irrésistible m'attirait vers elle ; je trouvais un charme singulier à me tenir derrière
son siége quand elle jouait ; ses paroles
les plus indifférentes restaient gravées dans
ma mémoire, et lorsque je pouvais toucher
quelque partie de ses vêtemens, j'éprouvais
un plaisir inexprimable.

La princesse paraissait ne me donner aucune attention ; mais quelquefois ses beaux
yeux me cherchaient au bout du sallon lorsque je m'y attendais le moins. Tu ne lui es
pas indifférente, me disais-je avec une secrète
satisfaction, et j'attribuais son silence à
l'enfantillage que je lui avais montré ; si elle
ne me parle pas, me disais-je, c'est pour ne
pas renouveler mon embarras.

Dans les momens où je ne pouvais l'éviter,
le prince me parlait de son amour. J'étais
affligée qu'un homme qui m'avait d'abord
inspiré de l'estime et de l'intérêt, me forçât
à le fuir. Il y avait plus de passion que de

tendresse

tendresse dans ses discours, et je lui aurais même résisté avec un cœur parfaitement libre.

Un soir que la société était chez le prince, je causais avec quelques jeunes Dames dans l'embrâsure d'une fenêtre d'un petit sallon attenant à la grande salle : nous nous amusions de l'effet que produisait la ville, qui était située au pied d'une colline, vis-à-vis de nous, et qui, à travers l'obscurité, paraissait illuminée par les lumières qui éclairaient l'intérieur des maisons dans lesquelles l'œil pénétrait aisément.

Le prince sut éloigner, sous quelques prétextes, les Dames qui étaient avec moi, et lorsque je voulus les suivre, il me retint par le bras. Agnès! ai-je mérité tant de froideur, me dit-il? Est-ce ma faute si, enchaîné par des obstacles invincibles, je ne puis vous offrir maintenant que mon cœur. Ah! que je suis malheureux! Dans ce cercle de femmes sans délicatesse et sans esprit, qui me flattent si bassement pour mon rang et pour ma fortune, il s'en rencontre une accomplie, je l'adore, et j'en suis méconnu. Pourquoi me traiter avec tant de rigueur? Hélas! les princes sont victimes des préjugés : nos amis même nous blâment lorsque nous voudrions briser nos chaînes; nous lisons dans leurs

*I. Partie.* M

yeux la confirmation de cette sentence : *Vous êtes des victimes.*

J'étais émue, et je lui dis : Prince, vous n'êtes pas juste envers vous-même.

Les reproches que vous faites au sort ne peuvent être produits que par quelque sombre vapeur. Comment vous plaindriez-vous d'une destinée qui vous appelle à l'exercice des plus belles facultés dont les hommes soient doués ?

Votre cœur ne serait-il pas ému par la pensée qu'il ne tiendra qu'à vous d'entendre votre nom invoqué dans le sein de chaque famille, comme on invoque celui d'un bon génie, et pourriez-vous ne pas sentir le prix d'une vocation qui vous oblige d'employer toutes les ressources de votre esprit à augmenter la prospérité de votre patrie et le bonheur de ses habitans ?

Divine Agnès ! répondit-il, vous ne faites qu'enflammer dans mon cœur le desir de vous posséder, en développant à mes yeux de si nobles sentimens.

Prenez cette bague, continua-t-il; elle vous a intéressé la première fois que vous la vîtes, et je n'oublierai jamais la douce illusion dont elle fut cause : qu'elle serve au moins à me rappeler quelquefois à votre esprit.

Il me quitta dans une grande agitation, et
la bague resta à mon doigt. C'était le portrait
de sa sœur, qui m'avait causé une si singulière
rougeur.

J'allais rentrer dans la pièce d'assemblée
lorsque je vis sortir une femme de derrière
les rideaux de la fenêtre voisine de celle où
je venais de causer avec le prince. Je con-
tinuais à m'éloigner en passant devant elle,
mais je me sentis retenue et embrassée étroi-
tement.

Je reconnus la princesse. Excellente enfant !
me dit-elle, je m'intéresse vivement à vous ;
venez, nous nous entretiendrons quelques
instans sur ce sopha.

Sa voix tremblait, et j'imaginai que cette
émotion était causée par l'embarras qu'elle
éprouvait d'avoir entendu son frère et moi
sans le vouloir.

Elle me fit asseoir à côté d'elle, et me dit :
J'ai entendu votre conversation avec mon
frère ; je n'ai pas besoin de vous dire si je
suis contente de vous. Je le plains, et je suis
bien aise en même tems qu'il ait su si bien
choisir. Mais, ma chère Agnès, le cœur de
l'homme est si inconstant, qu'on pourrait
comparer nos passions aux couleurs de l'Iris ;
elles en ont l'éclat et la légéreté, comme les

M 2

vapeurs qui les réfléchissent, renferment les élémens des plus violens orages; et je voudrais vous voir jouir d'une existence douce et tranquille à l'abri de ces cruelles agitations. Est-il un homme avec lequel vous puissiez goûter ce bonheur?

Je gardais le silence, très-embarrassée.

Pourrais-je nommer, continua-t-elle, pourrais-je nommer Jules d'Albans? Il mérite toute mon estime, lui répondis-je. Allons, je n'ai pas deviné, dit la princesse. Il faut auparavant que je gagne votre confiance, chère Agnès. Elle tenait ma main dans la sienne, ses yeux tombèrent sur son portrait. C'est la bague de mon frère, dit-elle!

Ne pourrai-je la porter avec votre consentement, lui dis-je? J'avoue que je ne m'en séparerais qu'avec la plus grande peine.

De quels souvenirs mon frère parlait-il en vous la remettant? Oh! du plus saint, du plus chéri de tous, répartis-je avec une franchise que je me reprochai au même instant. Comment, dit vivement la princesse? Je répondis timidement : Il me rappelle, par une ressemblance étonnante, une personne qui m'est bien chère.

Retournons dans le sallon, dit-elle en se levant avec précipitation; et, me prenant par

le bras, nous rentrâmes aussitôt dans l'assemblée.

Charles, dans la leçon du lendemain,
m'apporta mille tendresses de ma mère, qui
m'exhortait à supporter patiemment notre
séparation, nécessaire pour le moment. Le
contenu de votre lettre l'a affligée, me dit
Charles ; mais soyez sûre cependant qu'elle
ne cherchera jamais à contraindre vos incli-
nations. Vous serez toujours libre de choisir
la route du bonheur. Mais un esprit sage,
ajouta-t-il, apprend à tirer parti de toutes
les situations de la vie ; il calcule ses forces
et ses moyens ; et se décide en conséquence,
soit à les changer, soit à les supporter coura-
geusement. Une passion violente sert à nous
donner une juste idée de l'extension dont
notre ame est susceptible, et nous fournit
par-là de nobles motifs d'encouragement à
la vertu. On pourrait dire, ma chère Agnès,
que, dans le système moral, le tems des passions est semblable à celui de la floraison
dans le règne végétal : c'est le plus beau moment, le plus éclatant de la vie, comme le
plus favorable au développement et à la per-
fectibilité. Il opère une sorte de métamor-
phose en imprimant à l'ame une énergie qui
lui était inconnue ; et lorsque nous devons

nos réflexions à notre propre expérience ;
nous en sommes bien plus à l'abri de nouvelles erreurs.

La sincérité de l'intérêt que Charles me
témoignait, et la netteté de ses idées, avaient
sur mon esprit une influence lumineuse et
bienfaisante ; il fixait mes opinions et m'aidait à débrouiller le chaos d'idées et de sentimens que je rapportais souvent du grand
monde où je vivais ; il savait si bien se mettre
à ma place et saisir toutes mes impressions,
que je le considérais comme un ange protecteur chargé de m'aider à tenir le fil du bonheur dans le dédale de la vie ; je m'y attachais
chaque jour davantage. Ses leçons n'étaient
pas perdues non plus pour l'art qu'il m'en-
seignait : mes progrès étaient rapides ; il me
rendait capable d'apprécier et de mieux goûter les beautés de ces chefs-d'œuvre, dont la
contemplation émeut tout observateur sensible, et semble nous exciter, par une force
étrangère, au désir de les imiter. Mais ce qui
me rendait surtout la présence de Charles si
précieuse, c'était la douceur de m'entretenir
de ma mère ; elle s'associait, pendant qu'il
était là, à toutes mes idées ; il me semblait
que je la voyais mystérieusement au milieu
de nous : cette illusion charmait mon cœur

et le remplissait d'espérance ; aussi ne paraissais-je jamais plus contente et plus gaie qu'au sortir de ces entretiens, et j'eus à soutenir plusieurs plaisanteries de la part de la comtesse, sur l'heureux ascendant que mon maître de dessin paraissait avoir sur mon caractère.

Bettina assistait souvent aux leçons, et montrait beaucoup de goût et de dispositions pour le paysage ; elle gagna bientôt le cœur de Charles. La petite avait lié si intimement son amour pour Nordheim à son amitié pour moi, que ces deux sentimens s'étaient confondus dans son ame. Plus elle aimait à réunir ainsi les deux objets de ses affections, plus aussi l'idée d'un tiers lui paraissait odieuse. Chaque marque d'amitié et de confiance que Nordheim donnait à la comtesse, l'affligeait vivement ; elle venait aussitôt toute triste me le raconter, et appuyait, dans son babil, sur chaque petite circonstance : elle faisait souvent aussi, en présence de Charles, des observations amères sur la comtesse, et peu à peu elle causa tant, que Charles démêla le fond de son cœur et du mien. Non, s'écria-t-elle une fois, non, il est impossible que M. de Nordheim ait jamais une autre femme que mon Agnès. Je cherchai à cacher mon troublé par une plaisanterie, mais je sentis que Charles avait deviné mon secret.

Les liaisons de Nordheim et de la comtesse étaient toujours une énigme pour moi ; je craignais de m'abaissser jusqu'à la petitesse de la jalousie, et je ne me permettais pas même de les observer. Je recevais cependant un coup de poignard toutes les fois que je trouvais la comtesse seule avec Nordheim, mes lèvres tremblaient, et je ne proférais, au lieu de paroles, que des sons mal assurés. Mais il suffisait d'un regard, d'un mot affectueux de Nordheim pour rétablir le calme dans mon ame. Que desires-tu, me demandais-je? Ne prend-il pas de l'intérêt à toi ? ne te le montre-t-il pas ? et n'est-ce pas tout ce que tu peux prétendre ?

Une circonstance singulière où je me trouvai dans ce tems-là, me fit sentir tout l'empire que l'amour avait pris sur mon cœur, en même tems qu'elle fit évanouir l'espérance séductrice qui se lie toujours à nos desirs, malgré tous les efforts qu'une raison sévère emploie pour la dissiper.

Les obstacles qui s'opposaient au mariage d'Élise étaient enfin levés. Le jour des noces fut fixé, et toute la cour se rassembla chez sa tante pour assister à la célébration.

En attendant la cérémonie, la société se dispersa dans plusieurs pièces. Élise me prit mystérieusement par la main, et me conduisit dans un cabinet où je trouvai le prince héréditaire.

Pardonnez-moi ce que j'ai à vous proposer, me dit-il; c'est un projet de ma sœur, qui nous a quittés avant-hier. (La princesse ne m'avait pas reparlé depuis la conversation remarquable que j'avais eue avec elle : ce silence m'avait peinée; car elle avait pour moi un attrait inexprimable.) Ma sœur et moi, continua le prince, nous nous réunissons à votre amie dans le desir qu'elle a conçu de devenir votre sœur en vous donnant un aimable époux. A ces mots Élise se trouva dans mes bras. O mon Agnès! s'écria-t-elle, donne-nous à tous ce bonheur. D'Albans te sollicite pour son frère ; Jules n'ose t'adresser lui-même sa prière. Donnez-nous, reprit le prince, la joie de vous voir fixée au milieu de nous. Mon père lui-même est enchanté de vous, et il souhaite que vous viviez toujours ici : il mettra Jules dans une situation qui vous assurera une existence agréable.

Le prince régnant entra dans ce moment, et le souris affectueux avec lequel il m'aborda, contrastait si fort avec la sévérité ordi-

naire de ses traits, que cette preuve singulière
de bonté de sa part me toucha jusqu'aux
larmes.

Un de ces importans de cour, qui mettent
leur gloire à annoncer les premiers une nouvelle, avait vu une partie de ce qui s'était
passé dans le cabinet, par la porte à demi-
ouverte ; il s'empressa de le répandre dans
les pièces voisines, et je reçus de toutes parts
des félicitations sur mon mariage. Le cabinet
se remplit : Nordheim vint des derniers, et
resta à la porte avec un air très-sérieux,
sans rien dire. Jules apprit d'Élise la cause
de cette scène. Il me vit dans l'embarras le
plus pénible, et n'osant pas s'approcher de
peur de l'augmenter encore, il pria la comtesse
de me tirer de la foule importune des
curieux.

Je m'étais cependant remise, et je priai le
prince d'exprimer à son père toute ma reconnaissance, mais de lui dire en même tems
que mon vœu n'était pas de me marier encore.
Le vieux prince en parut affligé, et il me dit,
à demi-voix, qu'il ne s'était pas attendu à
cette réponse. Ce reproche me toucha par le
ton d'affection dont il fut accompagné. La
comtesse m'attira dans l'embrâsure d'une fenêtre, et commença un entretien assez am-

bigu, mais dont je ne démêlais que trop le
sens.

On a dit avec raison, ma chère Agnès, me
dit-elle, que l'amour participe à la nature de
l'objet qui l'inspire : tu en es la preuve, tu
épures les sentimens qu'on a pour toi ; ton
influence agit sur les cœurs les plus passionnés ; tu rends tout ce qui t'approche, plus tendre, plus délicat ; tu te fais adorer, et cependant les hommes pensent moins à te posséder,
qu'à jouir du charme de ta présence comme
d'un chef-d'œuvre de la création.

Mais, mon cher enfant, tous ces avantages
n'enchaînent pas le sort inexorable qui décide
des événemens de notre vie ; il faut céder aux
lois de la nécessité : rien n'est pur ni sans mé-
lange, et chaque jouissance peut être suivie
d'une amère privation ; il vaut mieux alors
offrir son sacrifice de bonne grâce, et ne pas
considérer comme un bien que rien ne pourra
remplacer, celui qui nous échappe..... Ici elle
s'arrêta.... ; mais voyant que je ne disais rien,
elle reprit avec douceur : Je vois, Agnès, avec
regret, que je ne possède pas votre confiance,
cependant je la mériterais.

Nous étions restées seules dans le cabinet :
Nordheim s'approcha de nous ; ses manières
avaient quelque chose de plus affectueux qu'à

l'ordinaire : il prit ma main ; ses regards reposaient sur moi avec un caractère de tristesse auquel se mêlait l'expression du plus tendre intérêt ; il me dit : Que j'aurais de consolation, chère Agnès, d'emporter avec moi, dans le long voyage que je vais incessamment entreprendre, la persuasion que je vous laisse heureuse !

Vous voulez partir, dis-je d'une voix tremblante. Il le faut, répondit-il, et après un moment de silence, il ajouta : Pardonnez si la confiance et l'amitié de votre excellent père pour moi me font hasarder de vous paraître indiscret, en vous parlant à cœur ouvert de votre situation présente. Les vœux de vos amis me semblent vous tracer un chemin qui peut vous conduire au bonheur ; la liberté que votre propre inclination vous ferait préférer, ne pourrait probablement vous causer que des peines ; fiez-vous au conseil d'un ami que le tendre intérêt qu'il prend à vous rend pénétrant.

Quant à ce qui me concerne, il me reste bien de choses à vous apprendre. Je ne veux pas qu'il puisse rester sur mon compte le moindre nuage dans votre esprit : vous me verrez tel que je suis dans mes lettres à Monsieur votre père, qui seront bientôt entre vos mains : l'aamour délicat de Jules vous rendra heureuse, chère Agnès, et votre félicité fera celle de votre ami absent.

Depuis long-tems je m'étais accoutumé à ne jouir que par le bonheur de mes amis ; les courts instans où je l'ai espéré pour moi-même, m'ont causé de cruels tourmens. A ces mots il me quitta avec précipitation.

Je restai absorbée dans un sentiment de surprise et de douleur inexprimable.

Lorsque l'amour remplit notre ame, il y règne si despotiquement, qu'il s'empare en même tems du présent et de l'avenir ; nous n'existons plus que par lui, et les peines qu'il fait souffrir sont sans bornes, comme ses plaisirs.

Eh quoi! me disais-je, Nordheim lui-même desire te voir liée pour toujours à un autre : tout desir de s'unir à toi est donc éteint dans son cœur : il ne t'a jamais aimée. Ce sentiment déchirant dominait tous les autres.

Les facultés de mon esprit étaient comme paralysées, inaccessibles à toute autre impression.

La comtesse prit ma main, et ce mouvement me fit sortir de la stupeur où j'étais plongée, en me causant une sensation extrêmement pénible. J'étais déjà mal disposée

pour elle lorsque Nordheim était entré ; je
me souvenais confusément que le but de son
discours avait été de m'engager à renoncer
à mon inclination pour lui, et à donner ma
main à Jules ; et maintenant, dans le plus cruel
moment de ma vie, je la voyais devant moi
comme un mauvais génie qui se réjouissait
de mon infortune, et qui peut-être même
en était l'auteur. Il ne m'était pas possible de
ressentir le sentiment de l'aversion : élevée
au sein de l'amitié, mon ame ne connaissait
pas la haine, mais par un mouvement involontaire j'avais repoussé le bras de la comtesse ; je m'efforçai ensuite de cacher ma douleur. Jules arriva dans ce moment ; il remarqua
la violence que je me faisais, et il me témoigna vivement tout ce qu'il souffrait d'avoir
donné lieu involontairement à la scène désa-
gréable que j'avais essuyée, et à laquelle il
attribuait mon état.

Je pris sur moi de ne point quitter l'assemblée ; mais en rentrant à la maison, j'eus à
peine la force de descendre de carrosse, tant
cette pénible contrainte m'avait éprouvée ;
dès que je fus seule, je me retrouvai à peu
près dans le même état où Nordheim m'avait
laissée.

La contention où j'avais été forcée de rester, avait encore resserré mon cœur; je ne voyais qu'obscurité dans mon sort; j'étais effrayée de mon isolement comme si je fusse restée seule sur la Nature.

Hélas! j'étais morte au bonheur, et je ne tenais plus à la vie que par les doux liens des souvenirs.

Après m'être enfin soulagée par un torrent de larmes, mon imagination me transporta dans les fraîches solitudes des bois chéris d'Hohenfels. Là, me dis-je, où je me livrai aux premiers songes dorés de la jeunesse, là, je pourrai nourrir tout le reste de ma vie le souvenir de Nordheim, et la douleur de l'avoir perdu. Je me rappelais mot à mot chacune de ses paroles; mais outre le funeste conseil qu'il me donnait d'épouser un autre que lui, je trouvais dans son discours quelque chose d'énigmatique.

Le besoin de conserver nos sentimens à un être chéri, nous dispose à le justifier, en attribuant la chute de nos espérances à la fatalité des circonstances. A quel fil délicat tient le sort de notre vie, me disais-je! Une force invisible mais puissante nous enchaîne; elle a retenu notre bouche si souvent prête à s'expliquer. Aujourd'hui, si la comtesse n'eût pas été là; si au lieu d'être au milieu d'une cour,

nous nous fussions trouvés environnés de bois
et de prairies ; sous la voûte des cieux , au
lieu d'être renfermés dans un cabinet, oh !
peut-être que l'amour m'aurait inspiré un mot,
un regard, qui m'auraient ramené pour toujours le cœur de Nordheim ; mais dans un
monde si dissimulé, tout retient l'expression
de la franchise ; l'amour même y est asservi.

Quelles malheureuses circonstances ont in-
flué sur le moment décisif de ma vie ! J'ai tout
perdu, et perdu pour toujours !

La nuit s'écoula dans ces tristes réflexions :
je pris la ferme résolution de ne plus revoir
Nordheim. La comtesse vint de bonne heure
dans ma chambre ; j'étais adoucie à son égard ;
elle me paraissait moins la cause première de
mon malheur, qu'un instrument du sort.

Je fus cependant insensible, et je me le reprochai, à la tendresse qu'elle me témoigna.
Il est des personnes dont nous ne voulons jamais reconnaître les bonnes intentions, comme
il en est d'autres dont nous ne pouvons nous
persuader l'inimitié. Outre la disposition défavorable où j'étais envers la comtesse et qui
me rendait injuste à son égard, il y avait
peut-être aussi chez elle un certain je ne sais
quoi qui n'invitait pas à la confiance.

Chez une personne dont l'esprit et les manières

nières sont également perfectionnés ; le caractère lui-même paraît aussi quelquefois n'être qu'un ouvrage de l'art : les seuls mouvemens du cœur attirent et produisent en retour l'inclination et la confiance entière.

On vint annoncer à la comtesse, pendant qu'elle était auprès de moi, que Nordheim était chez elle.

J'étais fermement résolue à ne plus lui parler ; mais je voulais jouir encore une fois du charme vivifiant de sa présence, afin d'avoir au moins ce moment de consolation à répandre sur l'avenir.

Je me tins derrière ma croisée jusqu'à ce que je le vis sortir de la maison. Il portait ce même habit de voyage dans lequel je l'avais vu pour la première fois. Il se retourna du côté de ma fenêtre ; mais lorsqu'il disparut au détour de la rue, je me sentis saisie d'une sueur froide. C'en est fait, me dis-je ; c'est pour la dernière fois, pour la dernière fois !..... Ce sentiment pénible, même pour des choses indifférentes, parce qu'il nous fait confusément sentir les bornes de notre existence lorsqu'il s'agit du suprême bonheur, devient une sensation affreuse ; il nous saisit comme la main de la mort.

Charles entra dans cet instant : j'allai à sa

*I. Partie.*  N

rencontre, en cherchant à cacher ce que j'é-
prouvais; mais en me voyant, il s'arrêta d'un
air effrayé.

Avez-vous une mauvaise nouvelle à m'apporter, lui dis-je? Non, dit-il, mais l'altération de vos traits semble m'annoncer que vous
allez vous-même m'en annoncer une.

Cette marque touchante de son amitié fit
cesser, en m'attendrissant, la tension douloureuse de mes nerfs, et mes pleurs coulèrent.
Charles me considérait avec l'intérêt le plus
expressif; la plus tendre sollicitude paraissait
l'agiter. Il s'approcha doucement de moi, me
prit la main, et après un regard qui pénétra
jusqu'au fond de mon ame, il me dit : Le
moment serait-il déjà venu, chère Agnès, où
les douces illusions de la vie se convertissent
en tristes réalités? où l'imagination, qui prête
tant de charmes à des biens imparfaits, qui
nous transporte comme par enchantement
aux sources du bonheur, désabusée tout-à-
coup, fait succéder en un clin-d'œil aux images les plus ravissantes, les fantômes les plus
effrayans? Si cette heureuse magie vient de
cesser pour toi, si tu es appelée à rétablir par
de douloureux efforts la tranquillité dans ton
ame, peut-être alors les conseils d'un véritable ami te deviendront-ils nécessaires. Ton

essence, créature angélique, ajouta-t-il, est amour et sympathie; il ne peut exister de vrai bonheur pour toi que dans l'accord parfait de ta sensibilité et de ta raison, dans le calme et la pureté de ton cœur; ainsi guéris-toi de bonne heure de cette illusion dangereuse qui nous peint un objet unique comme seul capable de remplir notre félicité, mais garde-toi en même tems de cette funeste apathie qui quelquefois succède à de trop grands efforts; ne prends point de résolution précipitée, attends que le regard serein de la raison puisse te servir de guide : la douleur que produit la première attente trompée est si aiguë et si profonde, qu'elle peut aisément nous jeter dans l'égarement après nous avoir atterré; elle exalte notre ame, nous ôte la connaissance de notre véritable situation et la mesure de nos forces. Heureux qui, dans de tels momens, peut reprendre un juste équilibre, envisager les routes qui se présentent, et s'arrêter devant elles, jusqu'à ce qu'il puisse bien s'assurer de celle qu'il doit choisir, afin de n'être pas compris dans le malheur de ceux qui doivent expier par le sacrifice de toute la vie, quelques momens d'erreurs!

Ici Charles s'arrêta, baissa les yeux, et tout décelait en lui la violence d'un souvenir

N 2

déchirant. Mon Agnès, s'écria-t-il en me fixant avec une inexprimable affection, si je réussis à ramener la paix dans ton cœur, à empêcher qu'elle soit jamais troublée, je bénirai mes souffrances, j'en remercierai le ciel comme d'un bienfait. En prononçant ces mots, il se leva précipitamment, fit un ou deux tours dans la chambre, et revint ensuite près de moi avec un air plus tranquille.

Vous devez être étonnée, me dit-il, du vif intérêt que prend à vous un étranger ; mais c'est ainsi que je suis fait : mon cœur s'attache à tout ce qui est aimable, avec le desir passionné de lui voir conserver les attributs qui le distinguent.

Le sort rigoureux m'a refusé ces tendres liens de la nature dans lesquels mon ame aimante se serait répandue toute entière, et c'est cette isolation qui me rend si chères les occasions de travailler au bonheur des êtres intéressans qui vous ressemblent, en m'efforçant de les faire profiter des leçons de ma propre expérience.

Les paroles de Charles m'avaient saisie : la manière dont il s'exprimait, me persuadait toujours, et la chaleur de ses sentimens vivifiait ma volonté ; je sentais renaître la force d'envisager la vie sous de nouveaux aspects ;

le devoir de conserver pour ma mère la sérénité et l'activité de mon esprit, fut ma première pensée. Lorsque l'espérance et la joie
sont une fois sorties de notre cœur, nous ne
rentrons dans le sentier de la vie que par
l'heureuse influence des premiers sentimens
de la nature.

Vous verrez ce soir votre mère, me dit
Charles ; elle vous communiquera plusieurs
choses importantes sur la conduite que vous
devez tenir, et vous indiquera le lieu de votre
séjour futur.

Je passai toute la journée dans ma chambre ; je trouvais de la douceur à y veiller sur
les petites occupations de Bettina. L'aspect de
cette charmante créature rendait le calme à
mon ame. Cette aimable enfant, me disais-je,
entretiendra toujours une sorte de liaison entre Nordheim et moi, au moins saurai-je le
lieu de sa demeure : il aura quelque chose à
me dire sur Bettina et je lui répondrai. Oh !
celui que j'aime uniquement ne sera pas entièrement séparé de moi ; je recevrai de tems
en tems quelque chose de lui.

Ces pensées donnèrent à mon inclination
pour Bettina un nouveau degré de sensibilité :
son caractère m'était parfaitement connu ;

j'aimais à lui donner des conseils et à diriger son éducation.

Sans trop savoir pourquoi, je m'occupai à ranger mes effets et à mettre mes papiers en ordre. Lorsque Bettina vit ces préparatifs, elle se jeta dans mes bras en pleurant, et s'écria : Ah ! tu veux me quitter ! Je souris, et lui promis ensuite sérieusement de la garder toujours auprès de moi. A l'entrée de la nuit j'éloignai la petite ; je voilai mon visage et ma taille autant que je le pus, et je pris la route de la porte de la ville. Charles l'avait ainsi voulu ; il m'avait paru plus rêveur et plus craintif que le jour de ma première entrevue avec ma mère.

La nuit était très-obscure ; un ciel nuageux interceptait la lune et cachait les étoiles : la pluie commençait à tomber, que je n'avais encore fait que quelques pas hors de la maison de la comtesse. Je me hâtai autant que je le pus, mais j'étais très-faible : la nuit que j'avais passée sans dormir et les violentes émotions des jours précédens m'avaient fort abattue. Le vent poussait la pluie contre moi et m'ôtait presque la respiration. Pouvant à peine me soutenir, je m'appuyai quelques instans contre un mur vis-à-vis d'une boutique extrê-

mement éclairée. Un homme d'une taille élevée passa tout près de moi ; il avait son chapeau enfoncé sur les yeux ; mais dans le moment où la lumière de la boutique éclaira le
bas de son visage, je crus reconnaître les traits
de Nordheim.

De quelle émotion ne fus-je pas saisie ? Je
tremblais de crainte et de joie. Ah ! me dis-
je, si cette rencontre imprévue pouvait enfin
amener une explication ! Fais, ô ciel ! que
j'entende seulement de sa bouche un mot, un
seul mot d'amour, et qu'ensuite mon ame
s'exhale de la vie, je ne regretterai rien sur
la terre.

Dans les momens de crise que font naître
les passions violentes, l'esprit se détourne
volontiers de la terre ; nous nous élançons
naturellement à la source d'une nouvelle existence.

Un pressentiment extraordinaire semble
aussi quelquefois nous avertir d'un événement
qui doit changer notre situation, comme si
la Providence nous invitait par-là à rassem-
bler nos forces. J'éprouvais toutes ces impressions ; je me sentais comme animée par une
nouvelle vie ; j'étais dans l'un de ces instans
où l'ame parcourt rapidement une chaîne im-
mense de pensées, et qui sont plus féconds,

plus riches en sensations intérieures, que des années entières.

Cette espèce d'enthousiasme m'avait élevée au dessus de moi-même; je me sentis revêtue d'une nouvelle force et capable de supporter tous les événemens.

J'étais préparée à la présence de Nordheim; je l'attendais avec un calme et une joie tranquille, également éloignée de la crainte ou de l'impatience. Il ne parut pas, et je continuai à marcher.

La pluie augmentait et finit par tomber avec violence; je n'avançais que lentement, avec peine, vers le lieu du rendez-vous; je passai vis-à-vis d'une maison éclairée, et il me sembla, à l'effet de l'ombre, que l'homme que j'avais déjà vu me suivait; il s'arrêtait aussitôt que je me tournais de son côté pour le regarder. Je cessai de croire que ce fût Nordheim, et je me persuadai que mon imagination m'avait trompée.

Je trouvai le carrosse à l'endroit convenu: Charles me donna la main pour m'aider à monter, et il se plaça à côté de moi. Il paraissait fort agité et parlait peu. Nous avions fait un quart de lieue environ, lorsque nous quittâmes le pavé. Quelques cavaliers nous avaient suivis jusque-là: Charles mettait sou-

vent la tête à la portière pour les examiner :
ils parurent alors nous quitter ; ce qui sembla
le rendre plus tranquille. Il y avait déjà plus
de tems que nous étions en route que lors
de la première entrevue avec ma mère. Les
nuages se dissipèrent, et je baissai une des
glaces du carrosse pour jouir de la beauté du
ciel étoilé. Quelle belle nuit, mon ami, dis-
je à Charles pour faire diversion à sa tristesse ! Ne vous semble-t-il pas que les astres
de la nuit éclairent nos pensées, de même
que le soleil éclaire les objets terrestres ? En
contemplant l'immensité du ciel azuré, nos
sentimens s'élèvent et se purifient : nous avons
alors un doux pressentiment de l'immortalité.
Cette journée sera mémorable dans ma vie :
l'entretien que nous avons eu ce matin ne
sera point perdu ; vos sages réflexions ont
préparé mon ame à tout supporter.

Charles pressa ma main, et dit d'une voix
tremblante : On résiste aisément à ses propres
douleurs ; mais souffrir dans nos plus chères
affections, c'est là l'écueil du plus mâle courage.

Nous vîmes alors reparaître les cavaliers.
Charles parut très-inquiet, et il me supplia
de ne plus mettre la tête à la portière. Ils sui-
vaient notre carrosse depuis une demi-heure :

l'agitation de Charles croissait à chaque instant, et comme nous traversions un village,
il me dit : Il faut absolument éloigner ces
gens-là de nos traces, et il me pria d'entrer
dans l'auberge. On nous conduisit dans une
petite chambre dont les fenêtres, qui donnaient sur un jardin, étaient ouvertes. Les
bienfaisantes exhalaisons des plantes, rafraî-
chies par l'orage, embaumaient l'air que nous
respirions. Le silence, la fraîcheur de la nuit,
me donnaient un calme et un bien-être délicieux. Je parlai à Charles de la joie que j'aurais à revoir ma mère, et de l'espoir d'être
bientôt délivrée des mystérieux et funestes
obstacles qui s'opposaient à notre réunion.

N'espère rien avec ardeur et ne crains
point avec excès, chère enfant, me dit Charles ; alors tu ne dépendras plus des caprices
du sort. Il restait debout à côté de moi, enfoncé dans de tristes réflexions, et il ne me
donnait que des réponses décousues. Tout-
à-coup un grand bruit se fit entendre à notre
porte. Charles la barricada en dedans aussi
fortement qu'il le put, se plaça devant elle
l'épée nue à la main, et me pria de rester
tranquille dans un coin de la chambre.

Au milieu du tumulte et de plusieurs voix
élevées, je reconnus celle de Nordheim. Il

ordonnait à l'hôte d'ouvrir la porte; l'hôte s'en défendait, en disant qu'elle était habitée par un Monsieur et une Dame qui ne s'attendaient sûrement pas à être troublés d'une si brusque manière. Imbécille, dit Nordheim, c'est précisément la jeune Dame que je demande; elle a été enlevée de force.

Combien je fus touchée de la vivacité de l'intérêt que Nordheim témoignait! Tout le trouble que me causait cette scène, et la pénible situation où elle me mettait, ne m'empêchèrent pas de jouir de ce délicieux sentiment.

Je suppliai Charles d'ouvrir la porte, et de s'expliquer avec Nordheim. Il me regarda d'un air égaré, et me dit : Tu ne sais pas ce que tu demandes. Tu es arrachée pour toujours à ta mère si tu tombes entre les mains du prince: Nordheim est son ami. Oh! Charles, il est généreux, m'écriai-je, confions-nous à lui; il est incapable d'abuser de notre confiance.

Innocente créature, dit Charles, tu juges les autres d'après ton propre cœur! Ah! tu ne connais pas encore le monde, et combien les hommes sont faux. Non, je ne commettrai pas une imprudence dont tu te repentirais tout le reste de ta vie.

L'ordre répété de Nordheim d'ouvrir la
porte termina cette contestation. Charles
n'ayant rien répondu, il commanda à ses
gens de l'enfoncer. La porte s'ouvrit; Nordheim entra et une foule d'hommes se pressa
sur ses pas. Qu'on se retire, dit Nordheim
d'une voix élevée. Tout le monde s'éloigna,
excepté un de ses domestiques, qui le supplia, en lui montrant Charles, de lui permettre de rester. Sors à l'instant, dit Nordheim, et il ferma la porte.

Maintenant, dit-il à Charles, dites-moi ce
qui peut justifier votre conduite. L'inclination de cette jeune Dame vous pourrait seule
excuser. Au nom de votre père, dit-il en
se tournant de mon côté d'un air très-sérieux, je vous prie de retourner dès à présent
chez la comtesse; mon carrosse est là-bas à
vos ordres. En même tems il prit ma main,
la plaça sous son bras et se disposa à sortir
de la chambre. Je n'avais pas la force de résister à la douce violence qu'il me faisait, et
je le suivais presqu'involontairement, lorsque Charles s'écria : Agnès restera, ou vous
ou moi nous recevrons la mort. Défendez-
vous. Il avait tiré de sa poche une paire de
pistolets; il en tendit un à Nordheim, et se
prépara à tirer avec l'autre.

Les armes, dit Nordheim, ne peuvent décider qu'entre des hommes dont les droits sont égaux, ainsi que les forces ; d'ailleurs, un inconnu n'a pas celui de se battre avec moi. Qui êtes-vous ? En d'autres tems, dit Charles, j'eus un nom qui me donnait aussi le droit de me mesurer avec tout le monde ; mais à présent il est rayé de la liste des vivans, je ne suis plus rien, contraint de rester enseveli dans l'ombre de l'impuissance et du malheur.

La main qui tenait le pistolet tomba ; il resta immobile et les yeux fixés en terre : son visage portait l'empreinte d'un profond désespoir. Nordheim, avec noblesse et bonté, s'approcha de lui sans armes, et lui dit : Qui vous force donc à jouer un tel rôle ? Si c'est une passion invincible, avouez-le moi ; je n'abuserai pas de votre confiance. Si des vues et une influence étrangère vous font agir, un aveu sincère peut seul vous faire obtenir votre pardon ; et si la nécessité vous forçait à vous charger d'un aussi vil emploi, renoncez-y, et je vous donnerai une plus grande récompense encore que celle que l'on peut vous avoir promise. Répondez-moi, mais surtout ne vous opposez plus à ce que j'emmène cette Dame ; vous paieriez un tel refus de votre vie; car, dans tous les cas, je suis résolu à ne pas la laisser ici.

Fortune barbare, s'écria Charles, tu me forces à devenir un meurtrier ! Et il visa Nordheim avec son pistolet ; je m'étais rapprochée de Charles, et je me jetai sur son bras pour l'empêcher de tirer. Nordheim m'avait déjà prévenue, et par un mouvement adroit et prompt il lui avait arraché le pistolet.

Que vous êtes vive, chère enfant, dit Nordheim ! Vous auriez pu vous blesser. Calmez-vous; je ne me servirai d'aucune arme contre un homme qui vous est si cher; mais à présent daignez me suivre. Pardonnez-moi de l'exiger; je suis sûr que vous me remercierez quand vous serez dans une situation plus tranquille. Le sentiment qui dictait ces paroles à Nordheim me touchait profondément, mais leur sens m'affligeait : il m'était douloureux de voir qu'il supposait une intelligence coupable entre Charles et moi, et qu'il interprétait en sa faveur le mouvement spontané dont ma tendre inquiétude pour lui avait été la seule cause. Ah ! Nordheim, lui dis-je, en laissant échapper quelques larmes, comment êtes-vous à la fois si bon et si cruel ? Soyez assurée, ma chère Agnès, répondit-il d'un ton affectueux, que je desire ardemment vous voir jouir d'un bonheur durable; je vous promets de tout employer pour satisfaire votre cœur, mais à présent vous devez me suivre.

Je voyais que le danger allait toujours croissant, mais heureusement l'état de mes esprits, lorsque cette scène avait commencé, m'avait mise au dessus de toute crainte : il me semblait que j'étais appelée à tenir une conduite extraordinaire; je ne me sentais plus retenue par ma timidité naturelle ni par les bienséances d'usage; j'avais changé de caractère : le sentiment dont j'étais remplie, m'inspirait autant de confiance que de courage; je sentais que je devais, que je pouvais faire cesser cette situation cruelle.

Écoutez-moi, dis-je à Nordheim : ce sont les dernières paroles que vous entendrez de ma bouche; après ce moment, vous ne me reverrez plus. Ce n'est point l'amour qui m'a conduite ici. Un secret qui ne m'appartient pas, et qui doit aussi vous être caché, a été la cause de cette démarche et de toutes celles qui ont élevé dans votre esprit des soupçons contre moi. Mon cœur a rencontré depuis long-tems l'objet auquel il s'était uniquement attaché, et pour jamais; mais depuis

hier il est obligé d'y renoncer. Adieu, lui
dis-je avec la plus vive émotion : souvenez-
vous quelquefois qu'Agnès aurait mis son
bonheur à vous appartenir. A présent, laissez-moi suivre ma destination et remplir mes
devoirs.

Nordheim était à mes pieds. Est-il possible,
s'écria-t-il? Je suis aimé de vous! Pardon!
pardon! ame céleste! Dès cet instant je ne vis
plus que pour vous. Mais pourrez-vous me
pardonner?

Unique et doux moment de la vie, où
notre plus chère espérance se réalise, où notre
ame est inondée d'un torrent de délices!

Il m'était impossible de parler; je relevai
Nordheim; il passa ses bras autour de moi,
et nos ames se réunirent dans un long embrassement.

De tels instans ne s'effacent jamais de notre
esprit : ils y sont gravés en traits de flamme;
mais c'est en vain qu'on voudrait les décrire.
Je me détachai avec peine des bras de Nordheim, et dans ce moment le fatal anneau
d'Amélie s'offrit à ma vue. Elle fut aussi, me
dis-je, pressée contre son cœur! Ce fut en vain
que je voulus écarter cette image; elle continua de me poursuivre et d'empoisonner mon
bonheur. Les regards de Nordheim étaient
remplis

remplis de l'amour le plus tendre et le plus soumis; il me demandait de nouveau sa grace, et ses larmes me faisaient assez voir ce qu'il souffrait du souvenir de ce qu'il y avait eu d'offensant pour moi dans sa conduite passée. Oh! s'écria-t-il, combien nous nous dégradons en vivant dans le monde ! Nous n'y pouvons plus suivre la voix de notre cœur. Nous sommes contraints, par l'expérience, de nous tenir en garde, de nous armer de défiance par égard pour les intérêts qu'on nous confie, et nous ne pouvons plus retrouver pour nous-mêmes cette douce, cette honorable sécurité que nous y avons perdue; il m'était impossible de me défier de la simplicité et de la véracité de ton cœur.

O toi qu'on ne peut comparer à aucune autre, tu te montras sans cesse à moi comme le modèle de toutes les vertus ! Un instinct secret me disait souvent que tu m'aimais; si j'en eusse cru mon cœur !.... Cependant il m'est plus doux encore de devoir ma félicité à ton adorable candeur.

Le calme divin de l'amour et de la tendre confiance brillait dans les yeux de Nordheim; je me sentais *à lui* d'une manière inexprimable. J'étais certaine qu'aucune puissance ne pourrait plus m'en séparer. Dans toutes

*I. Partie.*          O

les situations de ma vie, me disais-je, ce sentiment m'élèvera. La pensée de tout supporter pour lui devint un bouclier nécessaire
pour me défendre du trait cruel que portait
à mon cœur l'image d'Amélie.

Mon ami, dis-je alors à Charles, je suis
prête à vous suivre; vous rendrez bientôt plus
de justice à M. de Nordheim. Charles parut
sortir alors d'un pénible rêve. C'est un nom
que les hommes prononcent avec respect,
dit-il; c'est un nom qui m'est sacré. Mais un
sort ténébreux me tient enchaîné; je suis con-
damné à voir passer devant moi comme des
ombres les personnes les plus chères.

Cependant toute défiance disparaît devant
un homme aussi généreux, dit-il d'un ton
plus ouvert en s'approchant de Nordheim.
Quoique vous soyez l'ami du prince de ***
mon persécuteur, je suis sûr cependant que
vous serez juste envers moi.

Je ne vous ai suivi, dit Nordheim, que pour
connaître les sentimens de mon Agnès et pour
la protéger; tout autre motif est indigne de
moi. Je n'ai point de place auprès du prince:
seulement lorsque je puis lui être utile, j'en
saisis l'occasion avec joie. Je sais qu'il fait observer vos démarches, et je me proposais de
vous offrir un asyle dans mes terres; mais à

présent, comme l'ami de mon Agnès, vous pouvez entiérement disposer de ma personne.

Charles nous regarda tous deux pendant quelques minutes avec des regards pénétrans. Est-il bien vrai, dit-il à demi-voix, tandis que ses yeux restaient fixés sur nous? Ensuite il s'approcha avec l'expression de la joie, et s'écria : Oui, je vois briller le premier rayon de l'amour dans les yeux de mon Agnès ; et, continua-t-il en montrant Nordheim, la fausseté n'habite pas sur un tel front. Puisse un sort favorable veiller, mes enfans, sur ces tendres fleurs que la Nature ne présente aux hommes qu'une fois en leur vie! Puisse le tems ne faire qu'achever de les développer, et qu'elles ne soient décolorées par aucun orage! Pardonnez à ma défiance précédente, M. de Nordheim, continua-t-il ; dans un cœur long-tems ulcéré, la crainte a pris racine. Que ce trouble où vous m'avez vu ne m'attire pas votre mépris ! Oh ! si vous saviez pour qui je suis obligé de vivre!.... Les regards de Nordheim tombèrent sur moi pleins d'une inquié-tude douloureuse : la singularité des discours de Charles paraissait l'alarmer.

J'espère, dit-il à Charles avec douceur, que vous m'accorderez dans la suite une con-fiance salutaire à tous les deux. Vous trou-

verez dans mes terres tout préparé pour vous
bien recevoir, et je vous y joindrai aussitôt que
mon Agnès l'ordonnera.

Maintenant il faut partir, me dit Charles:
dès que j'aurai ramené Agnès à D..... je me
rendrai dans votre château, et ce sera là que
je vous apprendrai des choses qui vous éton-
neront, vous affligeront, et seront cependant
mêlées de quelque satisfaction pour vous.
Agnès au moins ne sera-t-elle point expo-
sée, dit Nordheim d'un ton de défiance? Sans
vouloir pénétrer votre secret, ne puis-je pas
vous suivre seulement de loin, afin d'être prêt
à vous secourir au premier signal?

Je pardonne vos alarmes, répondit Charles ; mais il m'est impossible de vous accorder ce que vous me demandez ; je suis malheureux, ajouta - t - il, mais vertueux ! Il y
avait une expression effrayante dans le ton
avec lequel il prononça ces mots; son regard
égaré et le brusque mouvement avec lequel
il saisit le bras de Nordheim exprimaient
assez tout ce qu'il souffrait d'être forcé par la
rigueur du sort à se justifier ainsi.

Priez M. de Nordheim de ne nous pas suivre, me dit Charles.

Vous sentez, dis-je à Nordheim, qu'il n'y
a qu'une nécessité absolue qui puisse m'en-

gager à vous causer un moment d'inquiétude;
et mes larmes coulaient sur les mains de Nordheim , que je tenais entre les miennes. J'a-
voue qu'il m'en coûte beaucoup , chère Agnès ,
reprit-il ; mais je vous obéirai.

O ma douce amie ! que le cœur s'accoutume
vîte au bonheur ! Il me semble déjà que je ne
puis plus me séparer de vous , même pour
quelques heures. Eh ! quoi ! après un moment
de délices si court , faut-il déjà nous quitter
et nous abandonner de nouveau aux chances
incertaines de la vie ?

Allons , Nordheim , confiez-la moi sans
crainte , dit Charles en souriant ; et après une
petite pause , il lui dit en le fixant : N'avez-
vous aucun souvenir d'avoir entendu prononcer souvent à votre père le nom d'un ancien
ami malheureux ?

Serait-il possible , s'écria Nordheim ? Mon
père en fut occupé jusqu'à l'heure de la mort;
il me remit des papiers pour lui, et il confia
beaucoup de choses à ma mémoire , qu'il eût
été trop dangereux d'écrire. Pressentiment singulier , tu ne m'as donc pas trompé ! Je vous
promets de vous apprendre demain tout le
reste , dit Charles , et il prit mon bras. Adieu
jusque-là. Que je suis heureux ! s'écria-t-il ;
j'entendrai les dernières volontés de mon ami.

Partons : le tems ne nous permet pas à présent de nous expliquer davantage. Il m'entraîna ; le front de Nordheim respirait la joie, et la tranquillité de son regard rendait le calme à mon ame. Un voile, il est vrai, était tiré sur l'avenir ; mais il ressemblait à la vapeur bienfaisante qui, dans une matinée du printems, s'élève sur une rose qu'a mouillée la rosée.

Je ne cherchai point à deviner le sens des dernières paroles de Charles ; je me livrai au charme des plus douces espérances. Nous nous reverrons demain, me dit Nordheim en m'aidant à monter en voiture ; je lui tendis encore ma main ; il y imprima ses lèvres, et ce baiser renouvela dans mon cœur le sentiment de ma félicité.

Votre mère, me dit Charles quand nous fûmes assis, doit quitter ce pays demain. La consolation de vous voir encore une fois était nécessaire à sa conservation. J'exprimai la joie que me causait cette entrevue ; ensuite je n'entretins plus Charles que de Nordheim : en vain j'aurais voulu lui parler d'autre chose ; j'étais d'autant plus touchée du vif intérêt avec lequel il paraissait m'entendre.

Je ne donnerais pas, dit Charles entre autres choses, les courts instans de mon débat avec Nordheim, pour des années d'une plus longue connaissance; car la manière dont un homme se comporte en certaines occasions, est décisive; elle met au jour le fond de son caractère.

Qu'il a montré de grandeur et de fermeté dans sa conduite, et de ce vrai courage qui prend sa source dans le cœur !

Le jugement et le sang-froid dans le péril sont les plus belles qualités qu'un homme puisse posséder.

Avec quelles délices ne l'écoutais-je pas ! Est-il à l'oreille des sons plus mélodieux que l'éloge de ce qu'on aime ?

Nous passâmes le long du mur que j'avais remarqué lors de ma première visite. La voiture s'arrêta bientôt ; Charles descendit et s'avança ; mais au lieu du silence mystérieux qui régnait lors de notre première réception, je le vois environné d'une foule d'hommes qui, en criant, allaient et venaient avec des flambeaux. J'entends Charles parler vivement avec quelqu'un : on tire deux coups de fusil, après lesquels je n'entends plus la voix de mon ami.

Je voulus me jeter hors du carrosse ; l'on m'y repoussa brusquement ; saisie et retenue, je restai dans cette situation affreuse où l'on

se sent comme enchaîné par une force invincible à l'instant où le plus puissant intérêt
nous appelle au secours des objets les plus
chers.

L'on attela d'autres chevaux au carrosse :
un homme qui m'était tout-à-fait inconnu,
s'assit à côté de moi, et nous partîmes. Il ne
répondit point aux questions que je lui adressais ; cependant il paraissait être touché de
ma douleur.

Il ne vous sera fait aucun mal, me répéta-
t-il plusieurs fois.

Je sentais un frisson qui fut suivi d'une
chaleur brûlante ; je devins très-faible, et je
finis par perdre tout-à-fait connaissance.

En revenant à moi, je me trouvai dans une
petite chambre. Une vieille femme était assise à côté de mon lit ; elle était laide, petite
et très-maigre ; sa physionomie sévère, con-
trastant avec l'air affectueux qu'elle s'efforçait de prendre, donnait à l'instant l'idée de
quelqu'un qui aurait mis un masque. Vous
êtes ici depuis huit jours, me dit-elle, dans
des rêveries continuelles ; vous m'êtes vivement recommandée, et votre état me mettait
dans une grande inquiétude.

Où suis-je, demandai-je de nouveau ? Tran-
quillisez - vous, me répondit-elle ; vous êtes

dans un lieu où vous pourrez bientôt jouir de votre guérison : la situation en est agréable, l'air sain, et l'on se fera un plaisir de contribuer à tout ce qui pourra vous amuser, autant que les circonstances le permettront.

Je compris, à sa prononciation, que cette femme n'était pas allemande, mais française. L'homme qui m'avait amenée, était reparti.

La force de la jeunesse et la bonté de mon tempérament avaient surmonté la maladie ; je me sentais bien, et ma mémoire commençait à séparer le fil des événemens qui m'étaient arrivés, du chaos mensonger que mon imagination avait enfanté pendant mon délire.

Mais le sentiment de mon isolement au milieu de ces étrangers, me saisit douloureusement ; je me livrai aux plus sombres idées, et je craignis de retomber dans l'état dont je ne faisais que de sortir, lorsqu'un bon génie ranima mon courage, et fit renaître l'espérance dans mon cœur, d'une manière extraordinaire.

Un charmant petit garçon entra dans ma chambre pour m'apporter une jolie corbeille pleine des plus beaux fruits ; je sentis un plaisir inexprimable à son aspect ; il se liait d'une manière singulière à l'un des songes que j'avais eu pendant ma fièvre, et qui se représentait alors à mon esprit comme une image agréable : toutes les particularités de ce songe se peignaient à moi avec les plus vives couleurs ; il semblait qu'un léger voile seulement le séparât de la réalité.

J'avais rêvé que j'étais assise à côté de Nordheim au milieu d'un parterre ; il me tenait par la main sans parler. Un grand oiseau, bigarré des couleurs les plus éclatantes, planait devant nous en tenant à son bec une petite corbeille pleine des plus beaux fruits. Nous tendîmes tous deux la main pour prendre les fruits, mais l'oiseau passa devant nous sans s'arrêter, et cria en riant à Nordheim : Pas encore,..... pas encore,..... car elle ne t'aime pas.

Nordheim retira sa main de la mienne, et s'éloigna précipitamment ; je me jetai à ses pieds, je pleurai, j'essayai de le retenir, mais ce fut en vain ; il avait disparu. Je voulus le suivre ; mais j'eus à peine fait quelques pas, qu'il se forma autour de moi un cercle de buissons de roses sauvages qui m'empêchaient d'avancer ; si je parvenais à sortir par une ouverture de cette espèce de haie, il s'en formait à l'instant une autre plus épaisse que la première : tout à coup je vis Jules au milieu d'un de ces cercles ; il portait l'armure d'un ancien chevalier, et sa poitrine était couverte d'une large écharpe blanche tachée de quelques gouttes de sang ; je m'approchai de lui ; il arracha l'écharpe, et je vis naître à la même place une fleur d'une forme et d'une couleur singulière : Arrachez-moi cette fleur de la poitrine, me dit-il d'un ton sérieux, et je vous délivrerai ; je fis tous mes efforts pour enlever la fleur, mais ce fut en vain.

Il me regarda en souriant, toucha de son épée les buissons de roses qui nous environnaient, et il s'ouvrit un petit sentier. Bientôt les buissons disparurent, et nous vîmes devant nous le château de Nordheim.

Nordheim lui-même s'avançait d'un air satisfait, et comme il venait de nous joindre, le même oiseau bigarré parut dans les airs. Il descendit lentement : dans l'instant où il touchait la terre, nous vîmes à sa place un petit garçon d'une beauté surprenante ; il tenait la même corbeille de fruits que l'oiseau nous avait d'abord refusée, et nous nous empressâmes tous les trois d'embrasser le bel enfant.

Le souvenir de ce songe se retraça vivement à mon imagination, et la vieille femme se réjouit du singulier changement qu'avait produit sur moi la vue du petit garçon.

Le médecin qu'on m'avait donné ne tarda pas à paraître : c'était un homme de moyen âge ; sa figure était agréable ; elle inspirait la confiance ; il s'approcha de moi avec politesse et respect, en me demandant comment je me trouvais.

J'aperçus bientôt que la présence de la vieille femme le gênait ; il profita d'un instant où elle fut obligée de s'éloigner une ou deux minutes, pour me dire à voix basse : Ce qui contribuera le plus à l'avancement de votre guérison, ce sera de ne pas trop vous inquiéter de la situation singulière où vous êtes. Prenez courage, et ne songez maintenant qu'à votre santé. La vieille revint avant que j'eusse pu lui répondre ; la conduite du médecin avec elle me défendait de hasarder la moindre question en sa présence.

La vieille m'invita à reprendre courage ; et en me donnant à connaître qu'elle savait les causes de mon enlévement, elle affecta de me rassurer. Je lui répondis froidement que, n'ayant rien fait qui pût m'attirer des disgraces, j'étais sans crainte sur l'avenir. Le médecin dit là-dessus qu'il importait de ne pas me noircir l'esprit, et qu'il fallait me distraire un peu d'une manière agréable : il ajouta que la vieille devrait me lire quelques romans qui pussent m'égayer. Vous avez la clef de la bibliothèque, dit-il, et la tablette des contes est certainement bien garnie.

Je remerciai intérieurement le médecin, qui me délivrait, par cette proposition, du babil insupportable de cette femme : la bienveillance et les attentions qu'il me montrait, me consolaient un peu en me donnant l'espoir de recevoir bientôt des nouvelles de mes amis.

Cependant le sort de Charles remplissait mon cœur d'anxiété; les heureux souvenirs que je conservais de la soirée fortunée qui avait précédé mon enlèvement, étaient empoisonnés par le doute affreux de ce qui pouvait lui être arrivé : les moindres détails de mon explication avec Nordheim se représentaient à mon esprit avec une chaleur que n'a pas toujours une action présente.

Et cette délicieuse pensée : Tu possèdes son cœur ! me redonnait une nouvelle vie.

Ma passion pour lui ne m'agitait point impétueusement; elle était douce, pénétrante, et s'identifiait à tous mes sentimens; elle ajoutait seulement un degré de puissance et de vivacité à la volonté constante que j'avais toujours eue d'anoblir toutes mes facultés, et de les perfectionner sans cesse.

L'inquiétude que je devais donner à Nordheim causait ma plus grande peine, et cependant quel charme ne s'y associait pas ! Mais une angoisse qui m'était affreuse, c'était le doute où je tombais quelquefois sur la réalité de mon bonheur ; il arrivait de tems en tems, par une suite de l'affaiblissement de mes esprits, qu'après m'être nourrie de ces ravissantes pensées, j'étais saisie de la crainte de n'avoir fait qu'un de ces songes qui m'avaient tant occupée durant mes rêveries.

Avec quelle joie alors ne trouvai-je pas mêlé aux habits que j'avais quittés, et qui étaient restés près de mon lit, un mouchoir de batiste, marqué au nom de Nordheim, dont il avait essuyé devant moi les larmes précieuses que mon tendre aveu lui avait fait répandre ; je le saisis avec transport et le plaçai contre mon cœur, comme ce que je possédais de plus cher au monde, et aussi comme s'il eût pu conserver la plénitude de mes souvenirs en les couvrant du sceau de la vérité.

Le médecin venait tous les jours ; mais la vieille m'observait avec des yeux d'Argus, et rendait entre nous oute conversation impossible.

FIN DE LA PREMIÈRE PARTIE.

# AGNÈS

# DE LILIEN.

## II. PARTIE.

www.ingramcontent.com/pod-product-compliance
Lightning Source LLC
Chambersburg PA
CBHW061456030726
47503CB00005B/1735